廃公園のホームレス聖女
2. 光の聖女と闇の魔導師
荒瀬ヤヒロ　イラスト にもし
光の聖女
アルム・ダンリーク
闇の聖女？
エルリー

いよいよだな！
胸筋が騒ぐぞ！
アルム＠友達（と枕）を探しに

伯爵令嬢…
仲良くなれるといいな

赤の方が可愛い！
アルムに一番似合う色は赤に決まっている！
アルムが赤い服を着れば
周りがぱっと華やかになるだろう！
アルムの愛らしさを引き立たせる色は
赤をおいて他にない！
アルム@私は人形

いいえ、青です！
赤も可愛らしく
お似合いになるに決まっていますが、
青の持つ落ち着きと気品こそ
アルム様の魅力に必要不可欠！
清浄な光に愛されたアルム様には
青こそがふさわしい！

王子様には気をつけるのよ
アールームーアルムだよ

クッキーはいかが？
アルム@笑顔をみせて

Homeless Saint
in abandoned park

Contents

廃公園のホームレス聖女

Homeless Saint in abandoned park

2. 光の聖女と闇の魔導師

荒瀬ヤヒロ　イラスト にもし

Story by Yahiro Arase　Art by Nimoshi

室内を覆《おお》っていた黒い影が晴れ、重々《おもおも》しい気配に満ちていた小屋の空気がやわらぐ。

真っ黒になった護符を握りしめた男が、ガクリと膝《ひざ》をついた。


「——シグルド！　大丈夫か⁉」

「ああ……」


膝をついて荒い呼吸を繰り返す男を案じながら、もう一人の男は寝台に横たわる女に駆け寄った。

まだ若い女の顔は血の気がなく真《ま》っ青《さお》で、かろうじて細い息を吐く姿は命を失う寸前だと誰《だれ》が見てもわかる。

「レーネ！　しっかりしろ！」

「お……、さ……ま」

女は力のない目を動かして、隅で震えている産婆——その腕に抱かれた赤子を見た。

「あの子を……お願、い……」

それが最期《さいご》の言葉だった。

息を引き取った女の枕元《まくらもと》で、男は途方《とほう》に暮れた。

粗末《そまつ》な小屋の中に、赤子の泣き声だけが響いていた。

第一章
元聖女アルムと赤青論争

とある静かな夜、そろそろ日付けが変わろうかという頃。

王都の中央部、貴族の住まう区域にある一軒の屋敷で、一人の少女がぐっすりと眠っていた。

名を、アルム・ダンリークという。

「むにゃむにゃ……」

少女の健《すこ》やかな眠りを妨《さまた》げるものは何もない——はずだった。

「うわああーっ！　瘴気《しょうき》だ!!」

突如《とつじょ》として静寂が破《やぶ》られるまでは。

「皆、起きろ！」

「瘴気が出たぞ！」

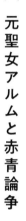

夜の空気を切り裂くような叫《さけ》び声《ごえ》が続く。その声に起こされたのか、隣近所の人々が家の外に飛び出す音がする。

「んあ？」

アルムも目を覚まし、上半身を起こした。

「ん～……瘴気？」

寝ぼけ眼をこすりながら、アルムは布団《ふとん》から抜け出して窓を開けた。

すぐ近くに建つ一軒の屋敷が、瘴気に包まれている。

「いったい、どうして瘴気が……旦那様《だんなさま》、何をしでかしたんです⁉」

「先日買った骨董品の箱を開けたら中から瘴気が噴き出してきて……」

家の主人が問い詰められて弁解している声が聞こえてきた。「怪しいものを買うんじゃない！」という使用人らしき人物の怒鳴り声も。

どうやら骨董品に紛れていた呪具《じゅぐ》を買ってしまったらしい。

瘴気とは、人の悪意や未練などの負の感情をもとに発生し、触れただけで体力を奪われたり病気になったりするものだ。人を害する目的で壺や箱などに瘴気を宿らせたものを呪具と呼ぶ。

「うう……苦しいっ……」

「くそっ……瘴気に触れてしまった」

どうやら逃げ遅れた者もいるらしく、アルムが目を凝らすと屋敷からふらふらになって出てきて地面に倒れる人々の姿が見えた。

近隣の家々からも次々に人が出てきて騒ぎはじめているようだ。アルムの家でも階下が騒がしい。

ここいらは男爵家や子爵家の屋敷が建ち並ぶ場所だ。高位貴族の屋敷と比べればこぢんまりとしていて、家と家との間隔もそれほど離れていない。

火事の時に隣家に燃え移った火の粉がどんどん大きな炎となって燃え広がるように、瘴気も周りの悪い気を吸収して巨大化し、際限なく広まりかねないから他人事ではないのだ。


「早く神官を呼べ！」

「大神殿に知らせるんだっ！」

人々がばたばたと走り回り叫んでいる。

一度発生した瘴気は神官か聖女によって光魔法で浄化されるまで消えることはない。

通常、王都で瘴気が発生した場合、まずはその地区の役人に被害を報告し、役人が作成した報告書が王宮で文官の手で振り分けられて大神殿に届けられる。それから神官か聖女の派遣が決定されるのだが、今回のようにすでに人的被害が出ており緊急性が高い場合は手順を無視して直接大神殿に訴えても許される。

とはいえ、今から呼びに行っても神官が到着するまでにどんなに早くても一時間はかかるだろう。それまでずっとこの騒がしさが続くのではアルムが困る。


「うるさくて眠れないじゃない。明日はお兄様が街に連れていってくれるのに、寝坊したらどうするのよ」

ぶつくさとぼやきながら、アルムは瘴気に包まれた家に手のひらを向けた。


「はっ！」


アルムの手から放たれた光が、屋敷を覆《おお》っていた瘴気を散らし、瘴気に侵されて苦しんでいた人々を包んで癒《いや》した。

「ふわあ〜……これでよし、と」

欠伸《あくび》をしながら瘴気が消えたのを確認したアルムはこれで寝直せると思い窓を閉めようとしたが、その前に外にいた人々がアルムをみつけて指さした。

「あ！　あれを見ろ！」

「彼女が浄化してくれたのか？」

「あの家はダンリーク男爵の……聖女アルム様だ！」

「おお！　アルム様が浄化してくださったのか！」

「さすが聖女様だ！」

人々が口々にアルムを讃《たた》える。


「アルム様ーっ！」

「聖女アルム様だ！」

「俺《おれ》達の聖女様！」

『聖女様！　聖女様！』


集まった人々の興奮冷めやらず、『聖女様』コールはどんどん大きくなっていった。

そんな熱いコールを送られたアルムは、眠い目をこすりながら眉根《まゆね》を寄せた。

瘴気を浄化すれば静かになると思ったのに、何故《なぜ》かさっきよりもうるさくなってしまった。

『聖女様』コールがいつまでもやまなくて、半分眠っているアルムの機嫌が急下降した。


「もうっ……うるさいってーの!!」

アルムが怒鳴ると同時に、どこからともなく伸びてきた太い木の根が騒いでいた人々の体に巻きついた。

「なっ！」

「うわっ！」

「おわあっ！」

木の根は捕《つか》まえた人々をそれぞれの家にぽいぽい放《ほう》り込《こ》み、出てこられないように扉をしっかり押さえた。


「よし。静かになった」

扉を押さえる木の根は夜明けと同時に消えるように設定して、アルムは今度こそ寝直すために窓を閉めて寝台に戻った。

すぐに元のように健やかな寝息を立てはじめたアルムの寝顔は、どこからどう見ても普通の少女にしか見えない。

だが、アルム・ダンリークはちょっと普通とは言い難《がた》い力を持った——元、聖女なのだ。

＊＊＊

「絶対に赤だ」

「いいえ、青です」

とある店の中、二人の男女が譲れない戦いに身を投じていた。

「胸を張って断言できる。一番は赤だと」

男はまだ二十代の半ば、鳩羽色《はとばいろ》の外套《がいとう》を隙なく着こなす銀髪の若者だ。堂々たる態度と品のある佇《たたず》まいから、貴族であることがわかる。

「こればかりはお譲りできません。選ぶべきは青です」

女は男よりいくつか年上に見える。きっちりと整えられた身なりとまっすぐに伸びた姿勢から、優秀な使用人であると見て取れる。

色とりどりの衣服が並ぶ店の真ん中で、男と女は真正面に向き合って互いに譲れぬ意見をぶつけていた。

「アルムに一番似合うのは赤だ！」

「アルム様に一番似合うのは青です！」

男はダンリーク男爵家の当主ウィレム・ダンリーク。

女はダンリーク男爵家に仕える侍女ミラ。

二人は店の真ん中で顔を突き合わせて睨《にら》み合《あ》った。

＊＊＊

発端《ほったん》はこうだ。

この日、ウィレムは異母妹を連れて買い物に出かけた。

ウィレムの異母妹アルムは大神殿の聖女――だった。

聖女に選ばれた者は大神殿で生活しなければならないため、つい最近までアルムとウィレムは一緒に暮らしていなかった。

しかし、いろいろあってアルムは聖女を辞めて大神殿を出た。そして、男爵家で暮らすことになった。大神殿と男爵家の間にちょっとホームレスを挟んだが、それは置いておいて。

とにかく、一緒に暮らしはじめた妹が不自由しないように、ウィレムと使用人達は何かと気にかけたり可愛《かわい》がったり甘やかしたりしている。今日は仕事を休みにして出かけ、アルムの普段着を何着か買い揃《そろ》えようと思っていた。

せっかくなので家に商人を呼ぶのではなくアルムに街を見せながら歩き、店に着くとウィレムは良さそうなものを何着か選び出して試着を勧めた。

アルムは兄に渡された服を素直に受け取って試着室に入ったが、同行していたアルムの専属侍女であるミラはひょいひょいと目についた服を手に取るウィレムに眉《まゆ》をひそめた。

「旦那様。僭越《せんえつ》ながら」

本来なら使用人が当主の選択に口を挟むなど許されないことであるが、アルムにかかわることであれば専属侍女として無視できない。ミラはそう覚悟を決めている。

「こちらの青いワンピースもアルム様にはお似合いかと」

口を挟まずにいられなかったのは、ウィレムが赤系の服ばかり選んでいたからだ。

赤系の服には可愛らしいデザインが多いため、ウィレムはついそちらばかり手に取っていた。青系の服はそれよりは少し落ち着いているシンプルなデザインだ。

「赤もたいへん可愛らしくお似合いになるに決まっていますが、やはりアルム様には青がよく似合うかと――」

「は？　何を言っている」

青系を勧めるミラの言葉に、ウィレムは怪訝《けげん》そうに眉根を寄せた。

「アルムに一番似合う色は赤に決まっているだろう」

「今、なんとおっしゃいました？」

ウィレムの応《こた》えに、ミラはかっと目を見開いた。

かくして、戦いの火蓋《ひぶた》は切られたのだった。

＊＊＊

「アルムが赤い服を着れば周りがぱっと華やかになるだろう！　アルムの愛らしさを引き立たせる色は赤をおいて他にない！　ほら、見てみろ！」

ウィレムは試着室から出てきたアルムをミラの前に突き出した。

ウィレムが選んだのは白い襟《えり》に施《ほどこ》された小花模様の刺繍と、袖口《そでぐち》とスカートの裾《すそ》を縁取るフリルが印象的な赤いワンピースだ。くるりと回るとふわりとふくらんだスカートがやわらかく揺れて、腰に結ばれた大きめのリボンが後ろ姿まで可愛く見せる。

赤い色はアルムの紫《むらさき》の瞳《ひとみ》を引き立ててより鮮《あざ》やかに見せた。

「どうだ！　これ以上にアルムに似合う色はないだろう！」

「いいえ！　これを見てから言ってください！」

自信満々に自説を主張するウィレムに、ミラは自身が選んだ青い服を手にアルムを試着室に戻した。

「青の持つ落ち着きと気品こそアルム様の魅力を倍増する効果があります！　そして青は神秘的な色。清浄な光に愛されたアルム様には青こそがふさわしいです！」

ミラは手際よくささっと着つけて試着室からアルムを押し出す。

青と白のストライプのワンピースは、すとんとまっすぐなスカートがすっきりしたシルエットを作る。フリルなどがない分動きやすそうで飾り気のない服だが、首元の細い黒のリボンタイと前立てに並ぶ大きめのボタンが十分に可愛らしい印象を与える。

青い色はアルムの銀髪によく映《は》えて、少し大人びた雰囲気を醸し出している。

「どうです？　これ以上にアルム様を魅力的に見せる色はございません！」

ミラは自信たっぷりに胸を張った。


「赤の方が可愛い！」

「いいえ、青です！」


両者、一歩も引かず。


店の真ん中で言い合いを始められると当然ながら商売の邪魔《じゃま》なのだが、貴族らしき客に文句を言うわけにもいかず、店長はひたすら壁と同化して気配を消していた。

赤だ青だと言い合う二人の真ん中では、小柄な少女が目をぱちぱちさせている。

「アルムは赤と青、どっちが好きだ⁉」

「お好きな方を選んでください！」

しまいには二人から詰め寄られて、かわいそうに少女は「あうあう」と呻《うめ》いていた。


白熱した議論は小一時間ほどで終了した。

赤青論争は「アルムは何を着ていても可愛い」という結論で決着し、赤い服と青い服の両方を購入することになった。

なんのための争いだったんだ？　と呆《あき》れる内心を押し隠して笑顔で客を送り出した店長は、ひょこひょこと男爵の後ろについて店を出ていくアルムの後ろ姿に声を出さずに語りかけた。

（強く生きろよ……）

赤だ青だと言い合う二人に挟まれて目をぱちくりさせていたアルムの姿は、店長の目にはか弱い小動物のように映ったのだ。

だが、その小動物ことアルム・ダンリークは、昨夜の活躍の通りちょっと普通とは言い難い力を持った元、聖女なのである。

＊＊＊

「いい天気ですね～」

燦々《さんさん》と降《ふ》り注《そそ》ぐ陽光を浴びて、アルムは「んーっ」と伸びをした。

「他に必要なものはないか？」

「思いつきません！」

アルムは「えへへ」と笑って、兄に買ってもらった服を包んだ紙包みを抱きしめた。ミラが持つと言うのを断って自分で持たせてもらっている。

「天気はいいですが、少し暑いですね」

アルムに日傘《ひがさ》を差し掛けながらミラが言う。

「そうだな。何か飲み物でも買おう」

弾《はず》む足取りで歩いていたアルムの肩に手を置いて、ウィレムが辺りを見回す。

「あ、あそこにカフェがあります。お兄様、あそこで休憩しませんか？」

お店をみつけたアルムがそう提案すると、ウィレムも「そうだな」と微笑《ほほえ》んだ。

（せっかくのお兄様とのお出かけなんだから、すぐに帰っちゃうのはもったいないよね。のんびりお茶をして、ゆっくりお話ししたいな）

普段は執務で忙しいウィレムと過ごす時間をこころゆくまで楽しみたい。アルムはにこにこしながらそう考えた。

「注文してくるから座って待っていろ」

「はーい」

オープンテラスの席にアルムを座らせ、ウィレムはミラを伴って店の中に入っていった。

ちょこんと座ったアルムは紙包みを膝《ひざ》の上に置いて街ゆく人々を眺めた。王都の大通りには人々の活気があふれている。着飾った女性達や駆け回る子供達、並んで歩く恋人達。

アルムの目の前を楽しそうにおしゃべりする少女達が通り過ぎた。

せわしなく口を動かしてはころころ笑い合う姿は、華やかな人々の中でも一等きらきら輝いて見えた。

（仲がいいんだな……）

アルムは少女達の姿を見て、少しうらやましいと思った。

（もちろん、お兄様と街を歩くのもとっても楽しいし大好きなんだけれど……あんな風に友達同士で歩くのも憧《あこが》れるなあ～）

男爵家の別邸で放置され気味に育ち、十三歳で聖女となって大神殿で暮らしていたアルムには、友達と呼べる存在がいない。

「私でも、友達って作れるかな？」

アルムがぽつりとそう呟《つぶや》いた時、人々の流れの中をガラガラと音を立てて馬車が走ってきた。

人々が驚いて道を開ける。ほどなくして、物々しい兵士に囲まれた馬車が通りかかった。

護衛を引き連れているところを見ると、よほどの高位貴族かあるいは王族が乗っているに違いない。

そう思って目で追うと、アルムの前を少し通り過ぎたところで馬車が停まった。

何の気なしに眺めていたアルムの前で馬車の扉が開き、中から筋肉の塊《かたまり》が現れた。

「そこにいるのは聖女アルムではないか！　奇遇だな！　ふははは！」

「ひえ」

馬車から降りてきた筋肉の塊、もとい、この国の第二王子ガードナーは白い歯を光らせて高らかに笑った。

突然現れた筋骨隆々《きんこつりゅうりゅう》な大男に、アルムは呆気にとられ頭の中が真っ白になった。

いきなりの筋肉に戸惑うアルムにかまわず、ガードナーは筋肉を見せつけつつ迫ってくる。

「ちょうどいいところで会った！　これも何かの縁だ！　一緒に来てもらおう！」

「ふえ？」

ガードナーはひょいっとアルムを小脇《こわき》に抱えると、のっしのっしと歩いて馬車に乗り込んだ。

「アルム⁉」

店から出てきたウィレムが、妹が連れ去られる瞬間を目撃して声をあげる。

「ふははは！　アルムは預かった！」

ガードナーが悪者のような台詞《せりふ》を残して、馬車が走り出す。

白昼堂々、男爵家の娘を誘拐する第二王子。大事件である。


「何考えてんだ、あの脳筋‼」

王族への敬意も忘れて青筋を立てたウィレムは、近くに停まっていた乗り合い馬車に乗り込んだ。

「前の馬車を追ってくれ！」

「全速力でお願いします！」

ウィレムとミラに急き立てられて、乗り合い馬車の御者は困惑を浮かべながらもとりあえず言われた通りに走り出した。


幸いなことに、走り出してすぐに前方の馬車が強烈な金色の光を放って輝き出して停まったため、乗り合い馬車の御者は無茶な走行をせずに済んだのだった。

＊＊＊

「いやあ、すごい光だったな！　まだ目がチカチカするぞ！」

誘拐の現行犯は悪びれる様子もなく豪快に笑った。

ウィレムは背中の後ろに隠れてすんすんとぐずるアルムの頭を撫《な》でながら、誘拐犯こと第二王子を睨みつけた。

「なんのおつもりですか？　いくら王族といえど、やっていいことと悪いことがありますよ」

「はっはっは！　実はとある悩みを抱えていてな。たまたま通りかかったところにアルムがいたので、協力してもらおうと思って」


馬車が光を発して停まった後、中からアルムを救出したウィレムはカフェのテラス席でガードナーを問い詰めていた。

突然、誘拐されて怯《おび》えたアルムが発した金色の光のせいで「目がぁ、目がぁ」と悶《もだ》えていた兵士達は、視力の回復した順に護衛のためにテラス席をぐるりと囲む。華やかな大通りの一角がそこだけ物々しい。

「アルムは王族の便利屋じゃないんですよ。悩みだろうが問題だろうが御自分で解決してください。……まったく、どいつもこいつも」

王宮を包む瘴気を祓《はら》ったことで、王都では「聖女アルム」の名声が高まった。

そのため、ここのところあらゆる方面から「アルムに会わせてくれ」だの「聖女様の善行のお手伝いをしたい」だのという申し出ばかり舞い込んで、うんざりしていたところだったのだ。

中でも腹が立つのは高位貴族からの縁談やら茶会への招待やらだ。

もともと彼らは高位貴族の中に現れることの多い聖女に男爵家のアルムが選ばれたことをおもしろく思わず、「男爵家の分際で」と陰口を叩《たた》いていた連中だ。「アルムがすごい力を持っているとわかった途端に手のひらを返しやがって」と、ウィレムは苦々《にがにが》しく思っている。


「まあ、そう言うな。実はこれから見合いに行かねばならぬのだ」

ガードナーは急に難しい表情になって事情を語り出した。


曰《いわ》く、この国に筋肉の素晴《すば》らしさを広めるために福祉に力を入れるガードナーを目障《めざわ》りに思った宰相クレンドール侯が、さる領地貴族の令嬢との縁談を押してつけてきた、らしい。

クレンドールはガードナーをしばし王都から遠ざけておきたいだけであろうから、婚約自体は成立しようがしまいがかまわないようだ。ガードナー本人も、今のところ誰《だれ》とも婚約するつもりはない。筋肉の普及活動で忙しいからだ。

「なので、見合いに行くつもりはなかったのだが、やり手のクレンドールにさっさと日取りを決められてしまってな！　行くほかになくなってしまった」

宰相はよっぽど第二王子がうざかったんだろうな、とアルムは思った。

「というわけで断りに行くのだが、俺はあまり貴族の令嬢とかかわったことがない。そもそも、たいていの令嬢は俺のことを怖がるので、あまり近寄らないようにしている」

そう言いつつ、ガードナーはムキッと腕の筋肉を見せつけてきた。


「……でも、私の前には堂々と現れて筋肉を見せつけてきたじゃありませんか」

初対面の時も筋肉を見せつけて迫ってきたのを思い出し、アルムは首を傾《かし》げた。


「廃公園でベンチに寝転がっている時点で普通の令嬢ではないし、一筋縄ではいかない相手だと聞いていたからな！　第一王子が倒されたと聞かされたし」

ガードナーはそう言うが、アルムには心当たりがない。第一王子なんて倒した覚えがない。

「とにかくそういうわけで、こんな一団で押しかけると相手に怯えられるかもしれないだろう。アルムのような少女が一緒にいた方が空気がやわらぐと思ってな」

「俺の妹を緩衝材代わりにしないでいただきたい。アルム、帰るぞ」

ウィレムは付き合っていられないという態度で席を立とうとした。

そのウィレムを制して、ガードナーが気になる言葉を発した。

「おっと、待て待て。もう一つ理由がある。アルムはしばらく王都にいない方がいいと思ってな」

「……どういうことです？」

眉をひそめたウィレムに、ガードナーは声を低めて囁《ささや》いた。

「もしかすると、アルムは国王代理と強引《ごういん》に婚約を結ばされるかもしれないぞ」

聞き捨てならない台詞に、ウィレムは椅子《いす》に座り直した。

＊＊＊

現在、この聖シャステル王国には国王がいない。

少し前に、前国王は『病気』を理由に王位を退き、同じく『病気』の前王妃と共に離れた地で療養中と国民には知らされている。

前国王夫妻が退位した後、第五王子であるワイオネルが国王代理となった。王子は七人いるが、正妃である前王妃の子は彼だけだったためだ。

十七歳と歳《とし》が若いことと前国王が存命であることから今は国王代理と名乗っているが、遠からず正式に国王となることが決まっている。

しばらく前に起こった瘴気騒動――王弟サミュエルが引き起こした混乱を異母弟である第七王子ヨハネスと共に解決したことで国民からの人気も高い。

そんなワイオネルだが、まっすぐな性格と率直な物言いが災いして、アルムには「いきなり寵妃《ちょうひ》にしてやると持ちかけてくるセクハラ野郎」と認識されている。

「ワイオネルはアルムと結婚したがっているようだからな。クレンドールはアルムとの仲を取り持つことでワイオネルに恩を売ろうとしているらしい」

「ええー……」

ガードナーの説明を聞いたアルムは思わず呻き声をあげた。なんて迷惑な話だ。

「今週末に王都にいる未婚の貴族令嬢は強制参加の茶会を開くつもりのようだ。表向きは国王代理となったワイオネルのお披露目だが、その席でワイオネルとアルムが仲睦まじく見えるように演出し、『若き国王代理と聖女の熱愛』を貴族の間に広めるというわけだ！」

「ふえー……」

老獪《ろうかい》な宰相の目論見《もくろみ》に、アルムは背筋をぞくぞくと震わせた。

ぶるぶる震え出したアルムを見て、ウィレムも眉間にしわを寄せる。

「アルムとワイオネルの熱愛が噂になったりしたらヨハネスも黙ってはいられないだろうし……俺

としては弟達が恋愛沙汰で仲違いをするのは見たくないからな。俺がアルムを連れていけば兄弟喧嘩《げんか》を防げる。行儀見習いに来た娘を預かっているということにすれば問題ないだろう」

ガードナーはそう言って肩をすくめた。


「そんな事情があるなら、誘拐する前に説明してくれればよかったでしょうが」

ウィレムが苦々しい口調で言うのを聞いて、アルムも「うんうん」と頷《うなず》いた。

「事情はわかりましたが、宰相が何を企《たくら》もうと俺はアルムの意に染《そ》まない結婚をさせるつもりはないので」

「お前にそのつもりがなくても、国王代理であるワイオネルや宰相が権力をちらつかせてきたらどうするつもりだ？　男爵程度では太刀打ちできないだろう？」

「それは……」

ガードナーの言葉に、ウィレムが声を詰まらせる。アルムは少し不安になって兄の顔を見上げた。


「まあ、ワイオネルは国王代理になったばかりで余裕がないし、クレンドールも貧民地区の開発計画で忙しくしているから今すぐに強引な手は使ってこないだろうが。今回の茶会みたいな細かいちょっかいはかけてくると思うぞ」

「うう……一生忙しくしててほしい」

アルムは思わず本音を漏《も》らして頭を抱えた。

むっつりと黙り込む兄と頭を抱えてテーブルに突っ伏す妹に、ガードナーがムキッと胸を張って大胸筋を主張する。

「アルムを王都の外に避難させてしまえば、ひとまず今回の企みは潰《つぶ》せるだろう」

ガードナーの言葉には一理ある。

それに、ここで第二王子を味方につけておく価値はあるかもしれない。王族であり兄である彼ならば、ワイオネルにも宰相にもものを言える。

妹を守る方法を考えるウィレムの隣で、アルムはテーブルに突っ伏したまま「うみゅ～……」と唸《うな》った。

（宰相が妙な陰謀を企てたりしなければ、お茶会に行ってお友達を作れたかもしれないのに……）

絶好の機会をくだらない企みで邪魔された気がして、アルムは口を尖《とが》らせた。

「確かに避難した方がいいかもしれない。しかし、この筋肉男に大事なアルムを預けていいものか……ごほん。失礼。いきなり知らない土地に行くなど、アルムは心細いでしょうし……」

眉間にしわを寄せて妹を案じるウィレムをよそに、ガードナーはアルムの方に身を乗り出した。

「アルムよ。王都では『聖女様』と崇められて、なかなか対等な友達もできないのではないか？

俺の見合い相手は十六歳の伯爵令嬢だ。領地で暮らしていて王都のことはよく知らないようだから、お前から王都の話を聞ければ喜ぶかもしれないぞ」

「友達……」

アルムはその言葉に顔を上げた。

ガードナーの言う通り、王都では『聖女アルム』の名が知れ渡ってしまっていて、聖女ではなくただのアルムとして純粋に友達になってくれる相手を探すのは難しそうだった。

王都の外にも『聖女アルム』の噂は届いているかもしれないが、直接アルムの力を目撃していない分、王都の人々ほどには盛り上がっていないはずだ。

「う～ん。他には……確か、そこの領地は羽毛が特産品だったかな。ははは！　軽くて寝心地のいい布団と枕《まくら》が手に入るかもしれないぞ！」

「枕……！」

アルムは思わず目を輝かせた。

だいぶ回復したとはいえ、アルムは過酷なブラック労働の被害者である。快適な睡眠には人並み以上に魅力を感じてしまう。

「どうだ？　俺と一緒に友達と枕を手に入れに行かないか？」

雑な誘い文句だが、アルムには効果覿面《てきめん》だった。

（寝心地のいい枕を手に入れるついでに友達も作れるかも――もとい、友達を作るついでに寝心地のいい枕を手に入れることができるかも……）

ちょっと行ってみたい気持ちになったアルムは思わずウィレムの顔を見上げた。

妹の顔を見たウィレムは、長い沈黙の後で苦渋の決断を下した。

＊＊＊

片想《かたおも》いとは切ないものである。

「はああ～……アルムに会いたい」

「害虫はー外ー」

手元の書類に判を押しながら独《ひと》りごちたヨハネスの後頭部に、小さな丸いものがぱらぱらと投げつけられた。

「何すんだコラッ！」

振り返って怒鳴ると、見目麗《みめうるわ》しい聖女が手に持った四角い入れ物を差し出して会釈をした。

「東の国に伝わるという退魔の儀式ですわ」

「先週もそう言ってよってたかって落花生《らっかせい》をぶつけてきやがっただろうが！　娘のおねだりを聞いて大神殿に大量の落花生を差し入れてきたデローワン侯爵ともども許してねえぞ！」

そもそも大神殿に仕える神官を退魔してどうする？　とヨハネスは憤《いきどお》るが、聖女キサラ・デローワン侯爵令嬢はすました顔で四角い入れ物の中の丸い豆を見せてきた。

「申し訳ありません。落花生を撒《ま》くのは東の国の中でも主に北部に見られる習俗だそうですの。炒った大豆を撒くのが正式なやり方だそうです。勉強不足を恥《は》じておりますわ」

「キサラ様！　お気を病まずに！」

「そうです！　落花生だって立派な豆類ですわ！」

「だからっ！　第七王子でもある神官に豆類をぶつけるんじゃねえっ!!」

キサラのそばに控える二人の聖女、メルセデスとミーガンも片手にしっかり四角い入れ物を持っている。どれだけぶつける気満々なんだと、ヨハネスは頭にきて怒鳴り散らした。

おとなしく豆類をぶつけられてたまるか。こちとら、初恋の少女に会うこともできずに切ない日々を過ごしているというのに。

「豆を炒っている暇《ひま》があるなら護符の一枚でも書きやがれ！」

「わたくし達、ノルマはきちんと終わらせていましてよ」

キサラはふん、と胸を反らした。

「だったら聖女らしくその辺で祈ってろ！　俺は忙しいんだ、邪魔すんな！」

「殿下こそ王族らしく少しは鷹揚《おうよう》にかまえてはいかが？　第七王子ともあろう者がか弱い聖女に怒鳴り散らして……」

「か弱い聖女は第七王子でもある神官に豆ぶつけたりしねえんだよ!!」

ヨハネスは拳《こぶし》で机を叩いて言った。

「この後、客を迎える予定なんだよ。それまでに今日の仕事を片づけておこうと頑張ってるんだよ、こっちは！　お前らに豆類をぶつけられている暇はねえんだよどっか行け！」

山積みの書類を指して苛立ちをぶつけると、キサラはこてんと首を傾げた。

「以前の殿下は仕事を片づけてアルムにちょっかいをかける余裕がありましたのに、最近は同じ仕事量でもずいぶんお疲れのようですわね？」

「アルムがいなくなって能率が落ちた、とか？」

「アルムがいた時は活力がみなぎっていた……やだ。アルムから元気を奪い取っていたのかしら、このエナジーバンパイア！」

「悪鬼退散！」

「聖女の敵は外！」

「穢《けが》れよ去れ！」

「痛っ……だから豆類をぶつけるのはやめろっ！」

三方向から豆を投げつけられて、ヨハネスは顔面を庇《かば》いながら怒鳴った。


数時間後、客人の到着を知らせにきた従者は、豆だらけになった部屋でそれでもなんとか書類の山を片づけて力尽きているヨハネスを発見したのだった。

＊＊＊

聖シャステル王国には王都を守護する大神殿の他に、各地に十二の小神殿がある。

その中の一つ、キラノード小神殿の神官長を迎えたヨハネスは、現れた男を見て意外に思った。

（ずいぶん、若いな）

髪も目も濃い灰色の、二十代前半の青年だった。大神殿のものとは色やデザインが違う神官服を身につけているが、神官長と言うにはいささか威厳が足りていない。

とはいえ、初めて訪れたであろう大神殿で臆した様子もなく堂々としているのは立派と言えよう。

「お初にお目にかかります、ヨハネス殿下。我が名はオスカー・キラノード。ふた月前に急死した前神官長シグルド・ニムスの後を継ぎ神官長となりました」

礼を取るオスカーの言葉を聞いて、ヨハネスは「なるほど」と納得した。

神官長が後継者を指名しないまま退任、あるいは死亡した場合、その神殿の中でもっとも身分の高い者が新たな神官長になると決められている。

（オスカー・キラノードはキラノード伯爵家の三男だったか……）

確か前神官長のシグルドはニムス侯爵家の次男だったはず。ニムス侯爵がまだ現役《げんえき》なのだから、その息子のシグルドもおそらく三十代くらいだろう。

本人も周囲も後継を指名する必要を感じていなかったとしても無理はない。神官長にまでなった者はたいていの場合、六十歳七十歳になっても権力の座にしがみつくものだ。

「大神殿へようこそ、オスカー殿。早速だが、用向きを聞かせてもらえるか」

鷹揚な態度で両手を広げるヨハネスの袖口から、豆が一粒転がり落ちた。

「……あの、豆が」

自分の足下に転がってきた豆を拾い上げてオスカーが首を傾げる。

「気にするな。ちょっとした儀式があってな」

ヨハネスが誤魔化《ごまか》すと、オスカーも気を取り直して真剣な顔つきで切り出した。

「単刀直入に言います。王宮を襲った瘴気を浄化したという聖女アルムの力をお借りしたい」

「……何?」

まったく予期しなかった言葉に、ヨハネスは眉をひそめた。その拍子に、法衣の裾から二、三粒の豆がぽろぽろこぼれ落ちた。


「……」

「……」

沈黙が落ちる。


「……いったい、どういうつもりだ?」

「……聖女アルムに、救っていただきたいのです」

ひとまず豆のことは無視して話を促《うなが》すヨハネスに、オスカーも豆には触れずに答える。

「このままだとキラノード伯爵領は……いや、隣接するジューゼ伯爵領も瘴気に呑《の》まれて滅びます」

穏やかではない内容に、ヨハネスは怪訝な表情でオスカーに尋ねた。

「どういうことだ？　そうならないために……」

ヨハネスが身を乗り出すと、今度は襟元《えりもと》からぽろりと豆が飛び出す。

「ちょっと待て。くそっ、服の中にまだ豆が……メルセデスに背後を取られたのが失敗だったな……襟を引っ張って流し込みやがって絶対に許さねえ……そうならないために小神殿があるんだろう？」

「……あの……」

かつて、瘴気に覆われていたこの地を、始まりの聖女が浄化し人の住める土地に変えた。その際に、特に瘴気が発生しやすい土地に小神殿を建てたと伝えられている。

大神殿が王都を守護するように、小神殿も各地の守護を担当している。小神殿がある地とその周辺の領地で瘴気が発生した場合、浄化して人々を守るのが小神殿の神官の役目だ。

しかし、オスカーはちょっと肩をすくめてこう言った。

「私が神官長になってから、キラノード領とジューゼ領では瘴気の発生率が上がっています。ここ数日は日に二度も三度も発生報告があり、しかも徐々に瘴気が強くなっています。急に増えた瘴気に怯えて、七人いた神官のうち四人が逃げました」

「おい、最後のは聞き捨てならねえぞ」

神官が真っ先に逃げ出してどうするんだと責めるヨハネスに、オスカーは溜め息《たいき》と共に言った。

「仕方がないでしょう。小神殿の神官は金で位を買った無能ばかりです。私も含めて、ね」

ヨハネスは思わず口をつぐんだ。

オスカーの言う通り、家を継げない貴族の次男三男のために親が金で小神殿の神官の位を買うという行為が長年にわたって横行していた。無能だった前国王が『病気』で退いてワイオネルが国王代理になってからは賄賂《わいろ》は厳しく取り締まられているが、すでに神官となっている貴族の坊々《ぼんぼん》どもはそのままだ。


（全員をクビにしたりしたら多くの貴族から恨《うら》みを買うし、大混乱になるだろうからな……）

ヨハネスとしては無能な神官を一掃《いっそう》してもらいたいという気持ちが強いのだが、ワイオネルの立場を考えるとそれを実現するのはなかなか難しい。国王代理になったばかりの彼が貴族を敵に回してはやっていけないだろう。ヨハネスは眉を曇らせた。

「普段から見習いや従者に浄化の仕事を押しつけていた連中です。各地で発生する瘴気に人手が足りず、自分も浄化に行かなくてはならないとなった途端にあっさり辞めて出ていきましたよ」

止める暇もあらばこそだったとオスカーは首を横に振った。

「ううむ……」

ヨハネスもこめかみを押さえて唸った。

使えない神官が自主的に辞めたのはいいが、瘴気が大量発生している時にごそっと神官がいなくなるなど、民が不安と不審を抱える理由として十分だ。

「なるほど。それで『聖女アルムを借りたい』か……」

厄介《やっかい》そうな話だな、とヨハネスは肩をすくめた。

オスカーの話を聞いたヨハネスは、緊張の面持ちで返事を待つ彼に楽にするように告げてしばし思案した。

話を聞く限り、キラノードで何が起きているのか実態を確かめる必要がありそうだ。

瘴気が頻繁に発生するということは、なんらかの原因があるはずだ。それを突き止めなければならない。

調査のために派遣するなら聖女より神官の方が適任であるが、瘴気の大量発生で不安になっている人心を安心させるには聖女が姿を見せた方が効果的だ。オスカーもそう思って聖女アルムの派遣を望んでいるのだろう。『王都の瘴気を浄化した聖女様』ならば、必ず自分達を救ってくださるはずと皆が期待するからだ。

しかしまあ、問題が一つある。

アルムは聖女を辞めてしまっているのだ。

(いや、俺は認めてないいんだけど……そもそも聖女は好き勝手に辞められるもんじゃないんだけど……)


莫大な光の魔力を持つ聖女は大神殿で暮らし、民のために働くと決められている。

個人差はあるが、だいたい二十五歳前後で聖女の魔力量は減少しはじめ、十年ほどで常人と同程度の魔力量に落ち着く。そのため、聖女でいられるのは二十五歳までだ。ただ、聖女は貴族令嬢でもあるので多くは二十歳前後で結婚して大神殿を去る。

逆に言うと病気と魔力量の減退、結婚以外の理由で聖女を辞めることは認められていない。

アルムはまだ十五歳。魔力量も莫大とか膨大とかでは言い表せないほどだ。現役バリバリなのだ。辞めるなんて許されないのだ。本来であれば。

それなのに、ヨハネスに過酷な労働を強いられていることに同情した連中が、アルムの退職届を勝手に受け取ってしまった。その上、アルムを大神殿に戻そうとするヨハネスの努力をあらゆる手を使って妨害してくる。

（ダンリーク男爵だって、聖女は大神殿で暮らさなければならない掟だと知っているだろうに……アルムを返すどころか面会さえさせねえ……っ）

ヨハネスは現在の理不尽な状態を思ってぐっと唇を噛《か》んだ。

（いや、待てよ。キラノード伯爵領を救うという大義名分があれば、アルムを連れ出すことが可能なのでは？）

人々を救うためと言えば、ウィレムも門前払いはできないだろう。

アルムを説得して、共にキラノードへ向かうことは可能ではないか。

この件を利用してアルムを調査に同行させ、あわよくば二人旅を……

「不穏な気配を察知しましたわ！」

よこしまな計算をしていたヨハネスのこめかみに、光の塊がすこーんっとぶつけられた。

言うまでもなく、聖女キサラの光魔法である。

「勝手に入ってくるんじゃねえっ！　来客中だぞ！」

「あら、失礼いたしました。オスカー・キラノード様。わたくし、デローワン侯爵家が一女キサラと申します」

「わたくしはキャゼルヌ伯爵家のメルセデスと申します」

「オルランド伯爵家のミーガンと申しますわ」

「私はオスカー・キラノード。キラノード小神殿の神官長です。聖女様方にお会いできて光栄です」

聖女達はヨハネスを無視してオスカーと丁寧に挨拶《あいさつ》を交わした。


「お話し中に申し訳ございません。醜い欲望から生み出された悪しき気配がこの部屋に立ちこめておりましたもので、聖女として見過ごすわけにはいかず……」

「いえ、聖女のお力を拝見できて感動いたしました……あの、聖女アルム様にはお会いできるでしょうか？」

オスカーの質問を聞いたキサラは目を見開いた。

「まあ。もしや、アルムに会いに王都へ？」

オスカーが頷くと、聖女三人は顔を見合わせて囁き交わした。

「小神殿の若き神官長がアルムを？」

「わざわざ王都までやってきて宣戦布告ですか？」

「ワイオネル殿下に続くライバル登場ですのね！」

「そこ、うるさいぞ！　話の途中だから出ていけっ！」

ヨハネスの恋路が艱難辛苦《かんなんしんく》の道のりであることを願ってやまないキサラ達に青筋を立てつつ、ヨハネスはオスカーに告げた。

「話はわかった。調査のために聖女を同行しキラノード領へ向かう」

「ありがとうございます」


オスカーは安堵《あんど》したようにほっと息を吐いた。

その横で、キサラが胡散臭《うさんくさ》いものを見るような目でヨハネスを睨む。

「……見て、あの顔。『この件をだしにしてアルムとキャッキャウフフの二人旅を～』とか考えてますわよ、絶対」

「なんておぞましいんでしょう。アルムがかわいそうです」

「そのような非道な目論見、必ず阻止しなければなりませんわ！」

キサラ達がごちゃごちゃ言っているが、ヨハネスは無視した。

誰がなんと言おうと、今度こそアルムを男爵家から連れ出して、どんな手を使ってでも大神殿に
――自分のそばに、取り戻してやる！

そして、今度はアルムをちゃんと大切にして、いつかは想《おも》いを伝えるのだ。

「なんか不埒《ふらち》なこと考えている気配がしますわ」とキサラに大量の光の球をすこここんっとぶつけられながらも、ヨハネスはキラノードの問題を力を合わせて解決する自分とアルムの姿を想像するのだった。

第二章　少女の夢と不吉の塊《かたまり》

初めての遠出だ。
アルムは少しわくわくしていたが、馬車が走り出すと乗り慣れていないアルムはすぐにお尻《しり》が痛くなってしまった。

「長時間の移動はきついなあ……よし、こうしよう」


アルムがぱんっと手を打ち合わせると、馬車が馬ごと宙に浮いた。

目を閉じて、地面のすれすれを浮いて前へ進むように調整する。

「こんなもんかな。これで振動はなくなります」

「光の魔力はこんなことも可能なのか！　便利だな！」

揺れない馬車に上機嫌になったガードナーだが、アルム以外の光の魔力の持ち主がそれを聞いたら「無理無理無理無理無理」と首を横に振るだろう。

ちなみに、急に浮いた馬車に御者は仰天《ぎょうてん》して腰を抜かし、地面に接していないのに前に進んでいるのが不思議なのか馬達はしきりに首を傾《かし》げている。

アルムはといえば、のんきに窓から見える外の景色を楽しんでいた。

建物の立ち並ぶ王都とは違い、街道の周りは緑の木々が取り囲んでいて、時折遠くの方にぽつぽつ点在する小さな村が見える。

「お兄様も一緒に来られればよかったのに」

初めての遠出を一緒に楽しめなかったのをアルムは残念に思った。

「はっはっはっ！　兄弟仲が良くてうらやましい限りだ！」

ガードナーがそう言った直後に、馬車の外から声をかけられた。

「申し訳ありません、ガードナー殿下。前方に瘴気《しょうき》が発生しているようです」

護衛の兵士が難しい顔つきで前を睨《にら》む。

「こんなところに瘴気だなんて……避けて通らねばならないので、引き返して違う道を行きます。ジューゼ伯爵領への到着が遅れてしまいますが……」

「よっと」

アルムは窓から身を乗り出して、前方の瘴気を綺麗《きれい》に浄化した。

「これで大丈夫ですよ」

「え？　ああ、え、はい」

兵士は前方とアルムを交互に見て返事をした。

一行はそのまま何事もなかったように進んでいく。

「大変です！　この先の道が倒れた大木に塞《ふさ》がれていて通れません！」

「よいしょっと」

「怪しい一団が近づいてきます！　野盗です！　危ないので決して馬車から出ずに……」

「えーいっ」

「おかしい……さっきと同じ道を通っている？　まさか、邪霊《じゃれい》に惑わされているのでは……」

「そこだーっ」

馬車の窓から顔を出したアルムは、道を塞ぐ大木を魔力で持ち上げてどかし、襲ってきた野盗を吹っ飛ばし、人心を惑わす邪霊をみつけて光で散らした。

そんなアルムの活躍によって馬車は足止めされることなく順調に進み、夕暮れ近くになって目的地のジューゼ伯爵領に入った。

「何事もなく進めてよかったですね」

アルムがにこにこしながら護衛の兵士に声をかけると、彼らは何故《なぜ》かとても神妙な顔つきになっていた。

「聖女アルム様の奇跡の御業《みわざ》に心より感謝を……」

「一生ついていきます」

「？」

きらきらした目を向けられて首を傾げるアルムを見て、ガードナーが愉快でたまらないというように笑い出した。

「これはいい！　アルムを連れてきて正解だったな！　こんなにすんなりと目的地に着くとは！」

ガードナーの見合い相手はこのジューゼ伯爵領の領主の娘だ。

到着は夜になると思っていたのだが、アルムのおかげで予定よりずっと早く到着することができた。

「このまま伯爵家へ行こう。誰《だれ》か先に行って伝えてくれ」

護衛兵士の一人を先に伯爵家へ向かわせ、ガードナーはアルムに向き直った。

「アルムよ。そろそろ人目が多くなってくるので馬車を地面に下ろしてくれないか。浮いているところを誰かに見られて騒ぎになると面倒だ」

「あ、はい」

確かに、馬が歩いていないのに進む馬車を見られたら驚かれるだろう。

アルムはずっと浮かせていた馬車を言われた通りに地面に下ろした。久しぶりに地面に脚をついて、馬達が右に左に首を傾げる。

「いよいよだな！　胸筋が騒ぐぞ！　アルムよ、お前も筋肉の準備をしておけ！」

あいにく、アルムの筋肉は騒いだりしないし、準備の仕方もわからない。

だが、どきどきわくわくしているのは確かだった。

（ジューゼ伯爵令嬢ってどんな人だろう……）

アルムの知る令嬢といえば、かつての同僚三人だ。他の令嬢を知らないので、アルムの基準はその三人である。貴族の令嬢とは彼女達のような存在だろうと思っている。

（仲良くなれるといいな）

ほんのりとした期待を抱いて、アルムは揺れる馬車に身を任せた。

＊＊＊

アルムを乗せた馬車が街道で野盗を吹っ飛ばしたりしていた頃、ヨハネスは意気揚々《いきようよう》と王宮を訪れていた。

（ワイオネル様にキラノード領へ行くと報告しておかないとな。「アルムも一緒に連れていきます」って堂々と宣言してやるんだ……むふふ）

ヨハネスは異母兄であり国王代理であるワイオネルを敬愛している。

しかし、アルムに関しては譲れないのだ。この機会に、アルムは聖女として神官のヨハネスと一緒にキラノードへ行くと強調しておこう。そう考えてニヤニヤ笑みを漏《も》らす。

器の小さい男である。

「失礼します、ワイオネル様」

許可を得て執務室に入ると、ワイオネルは椅子《いす》に座ってぼんやりと窓の外を眺めていた。

「ああ……ヨハネスか」

「はい。実は報告したいことが……どうなさいました？」

ワイオネルが心ここに在らずな様子なのに気づいて、ヨハネスは首を傾げた。

ワイオネルは常に冷静沈着で何があっても動じることのない人物だ。それなのに、いつもの泰然とした態度と少し違う。何かに気を取られている様子だ。

ヨハネスが尋ねると、ワイオネルは「うむ」と唸《うな》った。

「ガードナーが見合いに出かけた。向こうに四、五日滞在する予定らしい」

「へえ……筋肉好きの令嬢でもみつかりましたか？」

筋肉男の縁談に興味はないので、ヨハネスはどうでもよさそうな口調で言った。

相手の令嬢が筋肉を見せつけられてトラウマにならないかだけが気がかりだが、それ以外に気になる要素はない。

そんなどうでもいいことをワイオネルが何故わざわざ自分に向かって口にするのかわからず、ヨハネスは首を傾げた。

「何か問題でも？」

「いや、問題はないのだが……ガードナーがアルムを連れていったらしいと報告があってな」

「はあ⁉」

ヨハネスは身を乗り出してワイオネルに詰め寄った。

「どういうことですかっ⁉」

「いや、俺《おれ》にもわからない。どういうことなんだ？」

第二王子ガードナーといえば筋肉以外に興味がない脳筋のはずだ。その脳筋が何故、アルムを連れ去ったのか。筋トレでもさせるつもりか。

「そんなの男爵が許さないでしょう⁉」

「それが、ダンリーク男爵の許可は得たらしい」

「はあああっ⁉」

ヨハネスは頭を抱えて叫《さけ》んだ。

（どういうことだあ⁉　これまで俺やワイオネル様が再三アルムに会わせろと言っても黙殺しやがったくせに！　なんで第二王子にはアルムを預けるんだ⁉　アルムがムキムキになって帰ってきたらどうしてくれる⁉　なんであの筋肉男だけ優遇されてるんだ⁉　どうなってるんだダンリーク男爵家‼）


どう考えてもあの脳筋よりも自分やワイオネルの方がアルムにふさわしいだろう。絶対に納得できなくて、ヨハネスは頭を掻《か》きむしった。

「そっ、それで、行き先はどこです⁉」

勢い込んで聞くヨハネスに、ワイオネルはぼんやりと窓の外を眺めたまま答えた。

「ジューゼ伯爵領だ」

「ジューゼ伯爵領……ジューゼ？」

つい最近、どこかで耳にしたことがある名前に、ヨハネスは記憶をさかのぼった。

最近、いや、ついさっき、聞いたような気がする。

（ジューゼ伯爵領……王都からさほど離れていない小さな領地だ。隣接するキラノード伯爵領が……って、ああ！）

「キラノードだ‼」

ヨハネスは拳《こぶし》を握って叫んだ。

＊＊＊

ヨハネスとの面会を終えたオスカーは、せっかくなので大神殿を見学させてもらい神官達の働きぶりを目に焼きつけた。

その後で案内された大神殿の客室で、張りつめていた気を緩めてほっと息を吐いた。

（とりあえずは、これで大丈夫なはずだ。ヨハネス殿下はなるべく急いでくれると言っていた）

その言葉が真実なら、数日以内に聖女がキラノードの地に降り立ち、民を安心させてくれるはず。

（まだ若いのに、噂通りに有能な御仁のようだ。私も領に帰ったらもう一度調べてみよう。聖女が訪れるまでにこの事態を収束させる手がかりくらいは……）

明日、小神殿に帰ってからのことを考えていたオスカーは、遠くからどんどん近づいてくる足音に気づいて顔を上げた。

どたどたどたっ！　と、およそ神殿にはふさわしくない乱暴な足音があっという間に迫ってきて、勢いよく客室の扉が開けられた。

「おい！　キラノードへ行くぞ！」

扉を開けたのは、顔を真っ赤《まっか》にして荒い息を吐くヨハネスだった。

「今すぐ出発だ！」

「はあ？」

腰掛けていた寝台から立ち上がったオスカーは怪訝《けげん》に眉根《まゆね》を寄せた。

今から出発するとキラノードへ到着するのは真夜中になってしまう。だから、オスカーも今夜は泊めてもらって明日の朝に出発するつもりだった。

「殿下。今すぐだなんて、護衛騎士の編成も馬車の用意も整いませんわ」

ヨハネスを追いかけてきたらしいキサラが呆《あき》れ顔でもっともな指摘をするが、何故か焦《あせ》っている様子のヨハネスは聞く耳を持たない。

「すぐに行かなければならないんだ！」

「殿下？　いったい何が……」

オスカーが戸惑いながら尋ねる。

「一刻も早く、ジュー……キラノード領へ行かなければ！　大神殿の神官として、瘴気に脅かされている民を放《ほう》っておくわけにはいかない！」

ヨハネスはやけに力を込めてそう言った。

台詞《せりふ》は立派だが、目線はちょっと斜め上を泳いでいる。

「こんなに早く動いてくださるとは……やはり有能な者は決断力と行動力があるのですね」

「いいえ。これはそういうんじゃなく、何かろくでもない気配がビンビンですわ」

素直に感心するオスカーの横で、キサラは冷めた目でヨハネスを眺めた。


「とにかく、俺はキラノードへ行く！」

「夜に馬車を走らせるなんて危険すぎます。オスカー様の身に何かあったらどうしますの？　殿下おひとりで行くのでしたら止めませんが」

「む……」

断固として反対するキサラを前に、ヨハネスも少し冷静になった。確かに、夜に街道を行くのは危険が伴う。旅人が魔物や野盗の襲撃に遭う被害も少なくない。

「……わかった。明日の朝に出発する」

すぐにアルムに会いたいのはやまやまだが、ここで出発を強行してもキサラの不信感を煽《あお》るだけだ。

「聖女はどうするんですの？　誰を連れていくおつもりです」

そう尋ねられて、ヨハネスはぐっと言葉に詰まった。

アルムがジューゼ伯爵領にいることを知られると、根ほり葉ほり聞かれて面倒くさいことになりそうだ。

ヨハネスは何食わぬ顔でオスカーに確認した。

「瘴気を祓《はら》って領民を安心させられれば、アルムじゃなくてもいいだろう？」

「はい。それは、もちろん……」

本音はヨハネスが一人で行ってキラノード領の手前のジューゼ領でアルムを捕《つか》まえたいが、オスカーの手前、聖女を連れていかないとは言えない。

「……俺は先に出発して被害の実態を確認しておくので、聖女キサラよ。お前は準備が整い次第、慌てずゆっくり慎重に、のんびりと来るがいい」

「はあ……」

「絶対なんか企《たくら》んでんだろ」と言いたげなキサラのまなざしから逃れるように大袈裟《おおげさ》な身振りで、ヨハネスはオスカーの肩を摑《つか》んだ。

「まずは王都に近いジューゼ領の様子を見てからキラノード領へ入ることにしよう。大神殿の人間が姿を見せるだけでも民は安心するはずだ」

「殿下……ありがとうございます」

ヨハネスはそれらしい大義名分でオスカーを丸め込み、キサラのじとーっとした視線を無視したのだった。

＊＊＊

第二王子の一行がジューゼ伯爵家に到着すると、エントランスの前で伯爵夫妻と使用人達が並んで馬車を迎えた。

「ようこそいらっしゃいました～第二王子殿下～！　このジューゼ領の領民一同、心より歓迎申し上げます～！」

腹の出たあまり威厳のない男がジューゼ伯爵らしい。馬車から降りたガードナーの前にやたらと大袈裟な身振りでひざまずいた。

「うむ。世話になるぞ」

「はい！　もうお好きなだけごゆっくりお過ごしください！」

ジューゼ伯爵はにこにこと笑みを浮かべているが、よく見ると顔色が悪い。冷や汗を掻いてしきりに額を拭っている。

アルムはガードナーの背後できょろきょろ視線を動かした。見たところ、令嬢の姿がない。

「こちらは俺が行儀見習いで預かっている娘で、アルルという」

ガードナーに紹介されて、アルムはぺこりとお辞儀をした。

『聖女アルム』の名を聞いたことのある人間もいるかもしれないとガードナーが言うので、『行儀見習いで第二王子の宮に預けられた上流階級の娘』という設定で偽名を使うことにしたのだ。

別に正体を隠したいわけではないのだが、『聖女』がいるとわかったらその力を求めて人が押しかけてくる可能性もある。正確には、アルムは『元聖女』だが。

屋敷の中に通され、応接間に案内される。ガードナーは大きなソファにゆったりと腰掛けた。悠々とした態度には王族らしい余裕が感じられる。アルムはその横の一人掛けのソファにちょこんと座った。

貴族の娘が行儀見習いとして王宮に上がるのは結婚相手を探す目的であることが多い。対して、貴族籍のない娘が行儀見習いに上がるのは、新たに貴族の一員になるための準備だ。養女になる、あるいは嫁入りする前にルールやマナーを学び、他の貴族に顔を覚えてもらう。

なので、行儀見習いと名乗れば、出自を問われず貴族と同等の扱いをしてもらえる。アルムもガードナーの隣でお茶をいただいた。

「え、えーと、ガードナー殿下……あの〜、その〜、娘なのですが……」

ジューゼ伯爵が歯切れ悪く切り出す。

「本来であれば、そのぅ、ご挨拶《あいさつ》をするべきなのですが……えっと、実は少々具合を悪くしておりまして……」

「うむ、そうか。ならば無理をしなくてよい」

「へへぇ……そう言っていただけると……」

ジューゼ伯爵はあからさまに安心したように肩の力を抜いた。

「そうだ！　見舞いをさせてもらおうか」

「うひぇっ！　いえいえいえ！　娘は殿下にみっともない姿を見られたら恥《は》ずかしくて死んでしまいます！」

「病気の時は気にすることはない！　俺に会うのは気が進まないのなら、こっちのアルルに会ってもらおう！　いい友達になれるかもしれない！」

「いやいやいや！　本当に間に合ってますんで！」

「ははは！　遠慮するな！　行くぞ、アルル！　俺についてこい！」

「お待ちください！　止まって……おのれ、行かせるものか！」

令嬢の元へ突撃しかねないガードナーを必死に止めるジューゼ伯爵の横で、伯爵夫人が「ふっ」と息を吐いて肩をすくめた。

「あなた。もう諦《あきら》めなさいな」

「お、お前……」

「ふむ？　何か事情がありそうだな」

ガードナーが伯爵夫人に視線を移した。

「王家に偽《いつわ》りを申す罪をこれ以上重ねるべきではないわ。本当のことを言いましょう」

あわあわと慌てふためくジューゼ伯爵にかまわず、伯爵夫人はガードナーに向かって頭を下げた。

「まことに申し訳ありません。娘のマリスは実は……」

その時、ぱたぱたと軽い足音がして、さっと爽《さわ》やかな空気が応接間に吹き込んできた。

「ようこそいらっしゃいました、王子殿下！　ジューゼ伯爵の娘、マリスと申します！」

薄桃色のドレスを軽《かろ》やかに翻《ひるがえ》し、溌剌《はつらつ》とした表情の少女が涼《すず》やかな声で挨拶をした。後ろで一つにくくった茶色の髪がさらっと揺れる。

「あら、マリス。部屋に立てこもるのではなかったの？」

「お母様ってば。私も家と領民のために生きる貴族のはしくれよ？　見合いを嫌がって閉じこもったりしないわ」

「マ、マリス、お前……今朝《けさ》は部屋の扉を開けずに『見合いなんて嫌って言ったでしょ！　お父様のバーカバーカ生《は》え際《ぎわ》危機！』ってさんざん暴言を吐いて……」

「いやだわお父様！　乙女心《おとめごころ》は変わりやすいのよ！」

マリス・ジューゼはにこにこ笑顔で父親の背中を蹴《け》り飛ばした。


「うむ！　なかなかいい蹴りだ！」

ガードナーが褒《ほ》める。

王子相手に見合いが嫌で閉じこもるなど、ありえない不敬だ。ジューゼ伯爵が青くなっていた理由もわかる。

何故か気が変わったらしいマリスは、ご機嫌な様子で夫人の横に座った。

＊＊＊

「へえ～。アルルは初めて王都から出たのね。私は三年前に聖女認定に行ったのが初めての王都だったわ」

マリスは明るい性格のようで、夕食の席でもずっと笑顔でガードナーとアルムに語りかけていた。

「また王都に行ってみたいなあ。私は魔力なしだったけど、私の年には二人も聖女が出たのよね」

「メルセデス様とミーガン様、ですね」

「そうそう！　二人も出るのは珍しいんでしょ？」

聖女は毎年現れるわけではない。通常は二、三年に一人の割合だ。アルムの後には聖女が出ていない。キサラ、メルセデスとミーガン、アルムと三年連続で計四人の聖女が出たのはかなり珍しい当たり年が続いたと言える。

「ガードナー殿下は普段は何をしていらっしゃるんですか？」

「うむ。この国の民にあまねく筋肉の偉大さを広める活動だ。そのためにまずは筋肉を作るための健康な肉体を育成することを目的とした食料計画などを考えている」

「まあ、素晴《すば》らしい！」

マリスはアルムとガードナーに交互に声をかけ、明るく話題を振り続ける。

（すごい。社交的な方なんだな）

アルムは自分が誰かをもてなせと言われたら、とても気の利《き》いた会話なんてできそうにない。アルムが提供できる話題なんて、第七王子がパワハラ野郎だということと第五王子は突然求婚してくるから気をつけろということぐらいだ。

それはそれで年頃の少女達の興味は引くかもしれないが、もっとこう、話を弾《はず》ませるような話題を提供できるようになりたい。

なにより、友達になるためにはアルムの方から話しかけなくては。と思うのだが、元気なマリスについていくのが精一杯だ。


「明日はぜひ領民の暮らしを見て回りたい。筋肉のない暮らしをしている者がどれくらいいるか、実際に目で見て確認しなくてはな」

「では、私がご案内しますわ」

ガードナーとマリスが明日の予定を話し出すと、それまで二人の会話を冷や汗を掻いて聞いていたジューゼ伯爵が口を挟んだ。

「で、殿下！　領地を見ていただくのはかまわないのですが、実は最近ここでは瘴気の発生が増えていまして」

「ほう？　そうなのか」

ガードナーは首をひねった。

「だが、隣のキラノード領に小神殿があるだろう？　神官が対応しているのではないのか」

「はあ、もちろんですが……神官長が新しくなったばかりなので、なにかと忙しくて手が回らないのかもしれませんね。キラノード領との間にある南の森付近は瘴気の発生が特に多くて危険なので、近寄らないようにお願いします」

伯爵の言葉尻には妙に力がこもっていた。

瘴気に触れると人は体力を奪われたり病気になったりする。時には死に至る場合もある。なので、心配するのはよくわかる。だが、たとえ瘴気が襲ってきても浄化すればいいだけの話なので、アルムはあまり気にしなかった。

「大丈夫よ、お父様。私がしっかりご案内するわ」

「お前が……？　いいえ、第二王子殿下。我が家の執事に案内させますので」

「いや。アルルもいることだし、マリス嬢に同行願おう。親睦を深めるいい機会だ」

ガードナーの決定に、伯爵は何故か顔を強《こわ》ばらせ、マリスはにっこり笑った。

「よろしくね、アルル！」

「あ、はい」

アルムは流されるままに頷《うなず》いた。

＊＊＊

アルムは貴族のカントリーハウスを訪れたのは初めてだった。

「すごく大きいなあ……」

天井《てんじょう》が高くて部屋数もたくさんある。階段が大きい。扉も大きい。迷ったら客間まで戻ってこれなさそうだ。

もちろん大神殿の方が大きいが、アルムが暮らしていたのは大神殿の奥、聖女の住まう聖殿だった。そこから出たことはほとんどないので、ジューゼ家の館の方が大きく感じる。

夕食の後、案内された客間でアルムは窓の外を眺めていた。夜の闇《やみ》に包まれた庭を見下ろして、王都から離れた場所にいることに不思議な気持ちになった。

(聖女を辞めずにいたら、まだ大神殿にいて、こんな風に王都の外に出かけたりできなかっただろうな)

ガードナーが「付近の住民の筋肉チェックをするぞ!」と意気込んでいたから、滞在中はあちこち見て回れそうだ。

「せっかく王都の外に出たんだから、いろんなものを見て帰ろう。そして、お兄様に楽しい話を聞かせられるようにしよう。それにマリス様ともちゃんと友達になれるように――」

そう呟《つぶや》きながら、アルムは寝台に横になった。寝転がって、枕《まくら》に頭を乗せ――

「何これっ」

アルムはがばっと起き上がって枕を抱きしめた。

「ふわっふわだ……」

男爵家で使っている枕とは寝心地が違う。

「この枕ほしいな。できればお兄様の分も……」

その時、扉がノックされてアルムは顔を上げた。


「ちょっといいかしら？」

扉を開けるとマリスがいて、目を丸くするアルムの横をすり抜けて部屋に入ってきた。

「同じ年頃の女の子と話す機会が滅多にないからさ」

マリスはそう言って寝台に腰を下ろした。自分の隣をぽんぽんと叩《たた》くので、アルムもそこにちょこんと座る。

夜中に客の部屋へ押しかけてくるなど、ともすれば「無礼だ」と客の怒りを買いかねない行為だが、マリスの態度がさっぱりしているのでアルムは全然気にならなかった。きらきらした人懐っこそうな目でみつめられると、自分もマリスと話がしたかったような気がしてくる。

「アルルは結婚相手がもう決まっているの？」

「ふえっ？」

いきなりの質問に、アルムは一拍置いた後で激しく首を横に振った。

行儀見習いは花嫁修業の意味合いが強いのでマリスがそう思ったのも無理はないのだが、アルムは自分が誰かと結婚するなど考えたこともない。

「そうなの？　じゃあどこかの家に引き取られるの？」

「私は……男爵家の庶子で、家族の一員と認められるために礼儀作法を身につけなくちゃいけなくて」

一応考えておいた設定を話すとマリスはあっさり納得した。

アルムが男爵家の庶子なのは事実だが、行儀見習いになど出なくてもウィレムは妹だと認めてくれた。

「そうなんだ。でも、第二王子殿下の宮で働けるなんてうらやましいなあ。私も王都で働きたいわ」

マリスがそう言って溜《た》め息《いき》を吐《つ》いた。

「王都に行きたいんですか？」

「ええ！　だって王都にはたくさんの人がいるでしょう？」

アルムの質問に、マリスは拳を握って答えた。

「私は自分で結婚相手をみつけたいの！　領地では出会いが少ないんだもん！」

マリスの年頃の少女らしい願いに、アルムは「おお」と感動した。

自分と同年代の普通の少女の意見を聞くという初めての経験だ。キサラ達との会話はどうしても聖女の業務に関することや「光魔法で悪しき魂を浄化する方法」などになりがちだから、こうした寝る前のひとときの雑談はアルムには初体験だった。

しかし、見合い相手と一緒にやってきた同行者にそんなに正直に打ち明けるのはどうなのだろうかとアルムは思った。

アルムがガードナーに告げ口するとは考えないのか。それとも、アルムの口から穏便に結婚を望んでいないことを伝えてもらいたいのだろうか。

どちらにしても、ちょっと無防備というか、まっすぐな性格すぎて、王都にいたら危ないことに首を突っ込みはしないかと心配になる。


（隠し事とかできなさそう……）

初対面のマリスに対して、アルムはそんな印象を抱いた。


マリスに結婚する気がないことに関しては、ガードナーの方も結婚を望んでいないことをアルムは知っているので、マリスの本心を知れてむしろ安堵《あんど》した。「絶対にガードナー殿下と結婚したいから協力して」などと頼まれたら、アルムにはどうすればいいかわからない。


「だけど、お父様は王都で働くのを許してくれないの。私は一人娘だから領地から出るなって。婿を取って家を継がなきゃ駄目《だめ》だって」

「ふむふむ」

「今回のお見合いはお父様の仕業《しわざ》じゃないみたいだけど……いつ勝手に結婚相手を決められるかわかったもんじゃないわ」

「ほうほう」

ぷりぷり怒るマリスにアルムはひたすら相槌《あいづち》を打つ。何か気の利いた意見を言えればいいのだが、内容的にアルムが役に立てそうな部分がない。

働ける場所を紹介するようなツテもないし、結婚相手として紹介できる知り合いもいない。というか、よく考えたら知り合いと呼べる男性が王子しかいない。

伯爵令嬢と王子なら身分的には釣り合うが、パワハラ野郎やセクハラ野郎をオススメする気にならない。

「結婚は恋した相手としたいのよ。レーネ叔母様《おばさま》みたいに」

マリスは小さな溜め息と共にそう吐き出した。

「叔母様？」

「うん。私の叔母様は美人でね、素敵な人と出会って愛し愛されて結婚したの。私は子供だったけど、レーネ叔母様が幸せそうだったのを覚えているわ」

アルムは「なるほど」と思った。好きな人と結婚した叔母の姿を見ているからこそ、マリスは恋愛結婚に憧《あこが》れているのだろう。

「じゃあ、その叔母様は今も幸せに暮らして……」

「ううん。五年前に亡くなったの」

マリスがへにゃっと眉《まゆ》を下げた。

「叔母様の話をするとお父様が怒るの。きっと、お父様もまだ悲しいんだと思うわ。でも、短い人生でも叔母様はきっと幸せだったはずよ。愛する人と結婚できて」

叔母のことを思い出しているのか、マリスは遠い目をした。でもすぐに、元気な笑顔に戻ってアルムに尋ねてくる。

「ねえ、ガードナー殿下は話のわかる方かしら？　仲良くなったら働き口を紹介してもらえないかなーっと思っているんだけど」

最初は見合いを嫌がっていたのに気が変わったのはそういう動機があったらしい。

「そうですね……ガードナー殿下は筋肉愛はともかく、わりといい人だと思います」

改めて考えてみると、現時点でアルムの知っている王子の中では一番好感度が高いかもしれない、第二王子。

「婚約はしない方向で、でも仕事紹介してもいいかなって程度に気に入られたいわ。仲良くなれたらお父様の目を盗んでお願いしてみよう！」

そう言うと、マリスはがしっとアルムの手を握った。

「協力してね、アルル！　私のことは呼び捨てで、敬語も使わなくていいから！」

「えー……」

目を白黒させたアルムがはっきり答える前に、マリスは「じゃあおやすみ！」と元気に出ていってしまった。

なんだか強引《ごういん》に巻き込まれたような気もするが、マリスがガードナーに相談するのを手伝うぐらいならなんとかなるだろう。

「ふう、寝よう」

アルムは寝台にころんと転がった。ふんわりと枕が優しく受け止めてくれる。

「枕、絶対に買って帰ろう……すぴー」

ふわふわの寝具に包まれて、アルムはすぐに心地よい眠りに引き込まれていったのだった。

＊＊＊

森の中。

大きな黒い塊がある。瘴気の塊だ。

どこからともなく、瘴気が次々に塊に引き寄せられて集まってくる。

塊はどんどん大きくなる。

どんどんどんどん大きくなって——破裂して、瘴気が周囲に撒《ま》き散らされた。

＊＊＊

アルムがはっと目を開けると、見慣れぬ天井が見えた。一瞬混乱しかけて、伯爵家に来ていることを思い出す。

寝台に上半身を起こすと、音もなく入ってきた伯爵家の侍女がカーテンを開け、温かいお茶を用意してくれた。

そこでようやくはっきり目の覚めたアルムは、夢の中の光景を思い出して首を傾げた。

（なんであんな夢を見たんだろう？）

あれほど大きな瘴気の塊が破裂したら、きっととてつもない被害が出るだろう。その前に、あんなに成長するまで瘴気が放っておかれることなどありえない。

「何か不吉な予知夢だったりして。なんてね」

身支度を終えたアルムは、愛用のバッグを肩から下げて部屋を出た。

＊＊＊

その頃、アルムにとっての不吉の塊が大神殿を発とうとしていた。

「では、行ってくる。後のことは頼んだぞ。キサラは慎重に準備を整えて確認を重ねて安全を確かめた上で無理せずゆっくり来るように」

「なんだかむしょうに腹立たしいのは何故かしら？　できる限り早く駆けつけますわ」

「馬鹿野郎《ばか》！　侯爵令嬢らしく余裕をもってあくせくせず鷹揚《おうよう》な態度でこまめに休憩を挟み優雅にお茶でも飲みながら来るんだ！　絶対に急ぐな！」

昨日からの態度をいぶかしむキサラに不条理な命令を残して、ヨハネスは馬車に乗り込んだ。

「よし、ジュー……キラノード領へ向けて出発だ！」


ヨハネスが乗る馬車が動き出すと、オスカーの乗るもう一台の馬車も後に続く。二台の馬車を囲むのはオスカーが連れてきた小神殿の護衛騎士とヨハネスを守る聖騎士達だ。

立派な馬車を威厳ある騎士達が守る荘厳《そうごん》な雰囲気に、一行が通り過ぎるのを目撃した人々は心打たれた。

ただし、その馬車に乗っている男の脳内は『初恋の少女との再会』でいっぱいで、荘厳さの欠片《かけら》もなかった。

第三章　元聖女、迷子《まいご》になる。

「いい天気だ！　絶好の筋肉チェック日和《びより》だな！」

館から出たアルムに、先に外に出ていたガードナーが声をかけてきた。

あいにく、アルムは筋肉チェックにふさわしい日和がどんな日なのか知らないので適当に頷《うなず》いておいた。筋肉の専門家が言うならそうなのだろう。

「おーい。殿下ー、アルルー！」

マリスの声がした方を振り向くと、馬に乗ったマリスがぶんぶんと手を振ってこちらへ向かってきた。マリスの後ろにはもう一頭、従者に引かれた馬が歩いている。

「天気もいいですし、馬に乗りませんか？」

てっきり馬車で行くものだと思っていたのに、マリスはガードナーにそう提案した。

「マリス！　お前はまたそんなはしたない……」

ジューゼ伯爵は娘の行動にあたふたとすっ飛んでくるが、マリスはどこ吹く風でお小言《こごと》を受け流している。昨日のドレス姿とは違い、乗馬服を着ているマリスを見てアルムは驚いた。令嬢が馬に乗るだなんて王都ではきっと眉《まゆ》をひそめられるだろうが、マリスは背筋を伸ばして堂々としていた。

「馬に乗る方が気持ちいいだろうな！　いいぞ！」

ガードナーはマリスの申し出に二つ返事で頷いて、従者が連れてきた馬にまたがった。

「マリス！　いいか、南の森には近づくんじゃないぞ！　万一、瘴気《しょうき》が出たら……」

「はいはい、大丈夫よ。アルルは馬に乗れる？」

「うえ？」

アルムはもちろん馬には乗れないし、たぶん怖くて馬を浮かせてしまう。

でも、馬上からの景色には少し興味があった。

＊＊＊

「ふわあ〜……」

小高い丘のてっぺんで、アルムは馬上から見渡す風景に感嘆《かんたん》の息を漏《も》らした。

「アルルは馬に乗るのは初めてか！　風が気持ちいいだろう！」

馬を横に並べて止めたガードナーがキラリと白い歯を光らせて笑う。二頭の馬の後ろからは数人の護衛の兵士がついてきているが、彼らも馬を止めて小休止している。

なだらかな緑の斜面の先には鬱蒼《うっそう》とした森があり、森から少し離れた場所にぽつぽつと家々の屋根が見えた。

「私は別にかまわないんだけど、アルルは殿下に乗せてもらった方がいいんじゃないの？　王子様に馬に乗せてもらうなんて、女の子の憧《あこが》れでしょうに」

マリスの言葉にアルムはぶるぶると首を横に振った。

アルムはマリスの馬の後ろに乗せてもらい、横座りでマリスにしがみついている。ガードナーだと筋肉がモリモリすぎて、しがみつこうにも腕が回らなさそうだし、どこを摑《つか》めばいいかわからない。

ここまで来るのにかっぽかっぽとリズミカルな振動に身を任せながら、うっかり馬を浮かせてしまわないように気を張っていたアルムは少々疲れていた。

それに気づいたのか、あるいは初めて馬に乗るアルムに気を遣ってくれたのか、マリスはゆっくり馬を進めて丘の上でしばし止まって景色を眺めた。そして、ジューゼ領は小さいので領都と呼べるような大きな街はなく、大小八つの村があると説明してくれる。

「これから向かうのは一番大きなフェルメ村です」

マリスが向かう方向を指さすと、背後で休んでいた一団の中から伯爵家の護衛が抜け出てマリスと馬を並べた。

「お嬢様。これ以上南の森に近づいてはいけません。フェルメ村は森の近くですから、他の場所に……」

「あら、大丈夫よ。南の森に近いってことはキラノード小神殿にも一番近いってことだもの。何かあったら神官が駆けつけてくれるわ」

キラノード領はジューゼ領の南側に接しているのだ。

「それに、森の中に入るわけじゃないから平気よ」

マリスはそう言って、護衛の忠告を振り切るように馬を歩き出させた。

護衛が追いかけてきて、さらに言い募《つの》ろうとした時だった。


不意に日が陰って、アルムは空を見上げた。

黒い霧のようなものが、青空を滑るように飛んでくるのが見えた。


「瘴気だ！」


護衛の誰《だれ》かが叫《さけ》んだ。

空に広がるそれは足を止めた一行の頭上を通り過ぎていく。森の上で動きを止めた瘴気は、しばらくの間上空にとどまっていたが、やがて森の中心に吸い込まれるように消えていった。

それを目にしたアルムは首を傾《かし》げた。

「瘴気はより強い瘴気に引き寄せられる性質があるんですけれど、森の中に死体でもあるんでしょうか？」

「さあ？」

マリスも警戒する目つきで森を睨《にら》んでいる。

ガードナーは自身の護衛にキラノード小神殿へ瘴気の発生と森の異変を報告するように命じてからマリスの横に馬を並べた。

「どうする？　村に向かうか」

「そうですね。森には近寄らないように遠回りして――っ⁉」

言葉の途中で、マリスが息をのんだ。


「お父様っ⁉」


アルムは「え？」と思ってマリスの肩越しに森を見た。

馬に乗った人物がちょうど森へ入っていくところだった。ちらりとしか見えなかったが、馬上の人物は確かにジューゼ伯爵であるように見えた。

あれほど南の森へ近づくなと娘に念を押していた伯爵が、何故《なぜ》自《みずか》らその森へ入るのか。

「森の中には瘴気が……危ないわ！」

マリスがさっと馬から下りて、アルムへ手を差し伸べた。

「アルル！　下りて！」

「え？　はい」

素直に馬から下りると、マリスは再び素早く馬にまたがった。

「殿下！　アルルをお願いします！」

言うが早いが、マリスは森へ向けて駆け出した。

「ああっ！　お嬢様、お戻りください！」

伯爵家の護衛は悲鳴のような声をあげて慌てる。


「うろたえるな！　全員、この場で待機！」


マリスを追おうとする者、それを止める者、足並みの乱れかけた護衛達をガードナーが一喝した。

護衛を制したガードナーはアルムに手を伸ばす。

「アルル！　乗れ！」

「ええっ？」

マリスを見送ってぽかんとしていたアルムは驚いてガードナーを見上げた。

「早く乗るんだ！　マリスを追わねば」

「うう……」

促《うなが》されたアルムは逡巡《しゅんじゅん》した。さっきはマリスにしがみついていたからよかったが、ガードナーだとしがみつけないし豪快な男の馬に乗るのは少女にはちょっと怖い。

（でも、マリスが……瘴気を浄化できるのは私だけだし……）

辞めたとはいえ、アルムは聖女と認められた身。マリスを見捨てるわけにはいかない。

覚悟を決めたアルムはガードナーの手を摑んだ。

ガードナーはアルムを引っ張り上げて自分の前に座らせると、護衛達に向けて命令した。

「お前達はここにいろ。三十分経《た》っても戻ってこなかったら一人は伯爵家へ報告、残りは森の中を捜せ」

アルムがおっかなびっくり手綱を摑むと同時に、馬が走り出す。

「行くぞ、アルル！　瘴気が襲ってきたら頼むぞ！」

「ふぁいっ」

急に走り出した馬の振動に舌を嚙《か》みそうになりながら、アルムはなんとか返事をした。

＊＊＊

早く済ませて戻らなければならない。

目的の場所に向かって馬を走らせながら、ジューゼ伯爵は苦虫《にがむし》を噛み潰《つぶ》した表情を浮かべた。

突然、宰相の名で「第二王子を送るから適当にもてなせ」と命令が来たと思ったら、翌日には本当に第二王子本人がやってきたのだ。

表向きは『見合い』の申し入れだったので伯爵家ごときが断ることはできなかっただろうが、それにしたって少しぐらい準備する時間を与えてほしかった。

第二王子が森の中を探検するとも思えないが、万が一ということもある。

あれだけは、誰にもみつかってはならない。


「ジューゼ家を守るためだ。あの子の存在は、葬《ほうむ》らなければならないのだ……」

ジューゼ伯爵は手綱を握る手に力を込めてそう呟《つぶや》いた。

ほどなくして、森の中にぽつんと建つ一軒の小屋が姿を現した。

だいぶ昔に、ジューゼ家の森番が使っていた小屋だ。別の場所に新しい小屋を建ててからは使われておらず、伯爵と一部の使用人しか知らない。

小屋の前で馬から下りると、伯爵は扉を叩《たた》いた。中から出てきた老女が不安そうな顔で伯爵を中に通す。

「お食事に薬を混ぜて食べさせました。よく効いたようです……」

「……そうか」

伯爵はふっと息を吐いた。

「悪く思うな。お前はここでは生きていけないんだ」

そう言って、寝台の上で眠る存在に手を伸ばした。

＊＊＊

「おーい、マリス嬢！」

森の手前で追いつき、ガードナーがマリスを呼んだ。

「危険だから戻るがいい」

「でも、お父様がっ」

マリスは困惑気味《こんわくぎみ》に言い返してくる。

「伯爵は俺《おれ》とアルルがみつけて連れ戻そう。約束する」

「……いいえ。何故、父が森へ入ったのか、目的が知りたいので」

マリスは引き返すつもりがないらしく、まっすぐにガードナーを見返して言った。

「最近、父の様子がおかしかったんです。友人を亡くしたせいかと思っていたのだけれど……」

「友人？」

「はい。キラノード小神殿の神官長だったニムス様は、時々父を訪ねてくださっていました。ですが、ふた月前に急にお亡くなりに」

マリスとガードナーは森の中で馬を走らせながら普通に会話しているが、アルムは木にぶつかりそうで怖くてぎゅっと目をつぶっていた。

「ニムス様は亡くなった叔母様《おばさま》……父の妹と結婚していたので、父にとっては妹に続いて義弟を亡くしたことに……」

「お。あれを見ろ」

ガードナーが木々の向こうに古びた小屋らしきものをみつけて声をあげた。

「小屋の前に誰かいる？」

「ジューゼ伯爵か？」

マリスとガードナーは少し離れたところで馬を止め、木の陰から様子をうかがった。

小屋の前に立っているのは伯爵ではなく、黒いローブ姿の男だった。小屋の扉は開いていて、男は何かを待っているようだ。

アルムも目を開けて辺りをきょろきょろ見回した。

（そういえば、さっきの瘴気はどこに行ったのだろう？）

瘴気が自然に消滅することはないので、この森のどこかに潜んでいるはずだ。おそらくこの辺りに吸い込まれたと思うのだが、どこにも瘴気らしき影は見えない。

「あ」

マリスの声に視線を小屋に戻すと、ジューゼ伯爵が扉から出てくるところだった。

伯爵は腕に何かを抱えていた。荷物のようなそれを、歩み寄ってローブの男に手渡す。

その時、マリスが木の陰から飛び出して父親の元へ馬を走らせた。

「お父様！　何をなさっているの？」

突然の娘の登場に、伯爵はぎょっと目を見開いた。

マリスに続いてガードナーも木の陰から出ると、伯爵は馬上のガードナーを見て青ざめてうろたえ出した。

「な、何故ここに……」

明らかに様子のおかしい伯爵に対して、ローブの男は舌打ちを漏らすとマリスの馬の横を通り過ぎて逃げようとした。

だがその時、男の腕に抱かれていた荷物のようなものが、もぞっと動き、小さく声を漏らした。

「……ふ」

男がぎくりと動きを止めた。

「やべえ、もう起きた……っ」

「ふ……ふ、ふえええええっ‼」

男の焦《あせ》った声に被《かぶ》さるように、甲高《かんだか》い泣き声が森中に響きわたった。

＊＊＊

「え……子供？」

アルムは最初、それを大きな毛玉だと思った。

次いで、その毛玉が男の腕の中でもぞもぞと居心地悪そうに動き出したのを目にして、毛の長い犬か猫を思い浮かべる。

だが、その甲高い泣き声と、毛の間から突き出された短い腕は、まぎれもなく人間の子供のものだった。

長くぼさぼさの、一度も櫛を入れたことのないような荒れた毛。その毛の間から突き出た小さな拳《こぶし》のついた細い腕。

（三、四歳くらい？　女の子だよね？）

アルムはもっとよく見ようと思わず身を乗り出した。

すると、泣き出したその女の子を、男が慌てた様子で放《ほう》り投げたのだ。

「えっ⁉」

ためらいなく子供を放り投げた男の行動が信じられず目を見張るアルムの前で、女の子は地面に落ちる寸前でぴたりと止まり、『何もない空間』にふわりと浮き上がった。

「浮いた？」

アルムの頭の後ろで、ガードナーが驚きの声をあげる。

「ふえっ……」

女の子は空中に浮いたまま、ぶるぶると全身を震わせた。そして、何かに耐えるようにぎゅっと縮こまる。

「やばいっ！　逃げろっ！」

男が叫ぶのと同時に、アルムも本能的に察知した。その子供が何をしようとしているのかを。


「ふえっっえええええええんっ!!」


女の子が爆発《ばくはつ》するように泣き出した。

アルムはとっさに馬から飛び下りて、女の子に駆け寄り手を伸ばしていた。

そして——女の子の全身から噴き出した黒い闇《やみ》の魔力を、光の魔力で包み込むように打ち消した。

闇と光がぶつかった刹那《せつな》、互いに打ち消し合った反動で魔力は強い風となって周囲のものを吹き飛ばす。


「うわっ……！」

突風に驚いた馬が暴《あば》れ出《だ》して、ガードナーは振り落とされる寸前に飛び下りた。

「アルム！」

ガードナーが叫ぶ。強い風圧に目を開けていられず、彼には何が起きているのかわからなかった。

「うえええんっ！　わぁ～んっ！」

女の子はアルムの腕の中で身をよじって泣き続ける。そのたびに女の子の全身から放出される魔力を抑えるために、アルムも魔力を出し続けた。光と闇のぶつかり合いで生まれた風の力で、二人の体は空高く舞い上がった。

「くっ……ちょっと、泣きやんで！」

女の子が闇の魔力の放出をやめないので、アルムも必死に抑え続けるしかない。普通の人間がこれほど強大な闇の魔力を浴びたらただでは済まない。

（この子……ものすごい闇の魔力の持ち主だ！）

瘴気を浄化し人を癒《いや》す光の魔力とは反対の力。瘴気を自由自在に操《あやつ》り人を蝕《むしば》む闇の魔力を持つ者が存在する。

アルムの脳裏に、以前に出会った第六王子フォルズの顔がよぎった。

（あの王子より、この子の方が強い力を持ってる……！）

王弟サミュエルの復讐に荷担《かたん》して王宮を瘴気で覆《おお》った、闇の魔力を持つ第六王子。

彼は瘴気を引き寄せて操ることができたが、魔力量自体はそれほど大きくなく、アルムにあっさり浄化されて魔力が枯渇《こかつ》していた。

だが、闇の魔力を持つ者の中には、引き寄せた瘴気をその身に吸収して魔力に変えることができる者も存在すると言われている。


(そうか。さっきの瘴気はこの子に引き寄せられたんだ)

女の子は魔力を放出し続けているのに一向に枯渇する様子がない。

闇の魔力を持つ者は光の魔力を持つ者よりはるかに少なく、また迫害を恐れて魔力があることを隠すのが普通であるため、闇の魔力についてはわかっていないことが多い。闇の魔力を持っていても使い方がわからず自滅してしまうこともある。

第六王子フォルズが王宮を覆う瘴気を集めるのに十年かかったように、闇の魔力の持ち主といえど一度に大量の瘴気を扱うのは難しい。

(でも、この子はたぶん瘴気を吸収して自分の魔力に変えることが自然にできている。生まれつきの才能かも……)

とにかく、今は魔力を放出し続ける女の子をなんとかしてなだめなくてはならない。とはいえアルムは子供のあやし方など知らなかった。

「お、落ち着いてー！　よしよーし、大丈夫だから！」

魔力のぶつかり合いによって起こる風の力で空中を漂いながら、アルムは必死に女の子を落ち着かせようとした。

＊＊＊

暴風が遠のき静かになった森の小屋の前で、ガードナーが目を開けた。

「すごい風だったな……」

あの時、小さな女の子を抱きとめたアルムを中心に強い風が吹き荒れて、そばに寄ることも目を開けることさえもできなかった。

ただ、何かが激しくぶつかり合うような轟音《ごうおん》が何度も響いて、だんだんと遠ざかっていった。

ガードナーには何が起きたのかさっぱりわからないが、とにかくアルムが何か大変なものから皆を守ろうとして魔力を使ったのだろうと推測した。

「皆、無事か？」

ガードナーは辺りを見回した。

風に吹き飛ばされてどこかにぶつかったのか、すぐ近くに気絶した伯爵が転がっていた。家の戸口には老女が倒れている。

風に怯《おび》えて逃げたガードナーとマリスの馬が、遠く離れたところに立ってこちらをうかがうようにしているのが見えた。

「アルム？」

アルムの姿がない。

いや、あの小さな女の子と、マリスとローブの男も消えている。

「子供はアルムが抱いていたが、マリスと男はどこへ……」

中に誰かいないかと小屋に足を踏み入れたガードナーは、壁一面にびっしりと貼《は》られた無数の護符を目にして立ち尽くした。

ほとんどの護符はすでに効力を失っているのか、黒ずんでいたり千切れていたりした。

あまりに異様な光景に、さしものガードナーも息をのむ。これではまるで、この家の中に何か邪悪《じゃあく》なものを封印していたかのようだ。

「なんなのだ、これは……」

その時、外からガードナーの名を呼ぶ声が聞こえた。置いてきた護衛が戻ってこないガードナー達を捜しにきたのだ。

「ガードナー殿下！　何があったのですか」

小屋から出たガードナーは倒れている伯爵と老女を目で指して言った。

「うむ。俺にも何が起きたのかわからん。とにかく、この二人から事情が聞きたい」

ガードナーは伯爵と老女をジューゼ家へ運ぶように命じた。

「アルム達とマリスはどこに消えたのだろう。無事だといいが……」

少女達の身を案じつつ、ガードナーは不気味な小屋に背を向けた。

＊＊＊

どれくらい経ったのか、不意に、女の子が泣きやんだ。

アルムの腕の中で突然ぐったりと力を失った女の子は、泣き疲れたのか眠ってしまったようだった。アルムはほっと息を吐いて力を抜き、ゆっくり地面に着地した。

「……あれ？　ここどこ？」

目の前には小さな湖があり、見える範囲に人の姿はなかった。

どうやら、気づかないうちに結構な距離を空中移動してしまっていたらしい。自分の意志ではなく魔力反動と風圧で吹き飛ばされていただけなので、どっちの方向からやってきたのかさっぱりわからない。

「どうしよう……」

よく知らない土地で迷子になってしまった。

上空から探せば伯爵の館をみつけることができるかもしれないが、アルムは物を浮かせたり自分自身が宙に浮くことはできても、自由自在に飛び回れるわけではない。

それに、今はひどく疲れていた。

「とりあえず、少し休もう」

アルムはどこかに腰掛けられる場所がないか探したが、湖の周りは水を含んだ泥土で、腰を下ろす気になれなかった。

仕方がないので、アルムは空に手をかざして念じた。

「ちょっと距離はあるけど……こっちに来ーい」

ほどなくして、空の彼方から何か大きなものが飛んでくるのが見えた。

それはアルムの頭上で止まると、ゆっくりと地面に降りてきた。

ベンチである。


「やった！　成功」

王都のダンリーク家の屋敷の庭に置いてある、アルム愛用のベンチを引き寄せたのだ。

手を触れずに物を引き寄せるのは得意だが、いつもは手近なものにしか試したことがない。距離が離れているので無理かと心配したが、実際にやってみると簡単だった。

＊＊＊

その頃、ダンリーク家の屋敷では庭師の青年がひとりでに宙に浮いて空の彼方へ飛び去っていくベンチを目撃した。

彼は一瞬呆然《ぼうぜん》と空を見上げた後で「ああ、アルム様か」と気づき、何事もなかったかのように仕事に戻った。

＊＊＊

ベンチに腰掛けて一息吐いたアルムは、改めて腕の中の女の子を見た。

小さくて痩《や》せた体で、髪はぼさぼさ、爪《つめ》も伸びていて、まともに世話をされていないようだ。そして、彼女の着ている服を見て、アルムは眉をひそめた。

ぼろぼろの古着に、何十枚もの護符が縫いつけられている。

「誰かがこの子の魔力を封じようとしたのね」

闇の魔力を抑えるために護符を使うのはわかる。この子が魔力を自分の意志で扱えるようになるまでの応急処置にはなるだろう。

しかし、見たところどの護符も効力が切れる寸前だった。

「新しい護符に取り替えなきゃ駄目《だめ》ね……それに、髪も梳《と》かして新しい服も着せてあげればいいのに……ん？」

女の子のあまりに粗末《そまつ》な格好に気を取られていたアルムだったが、ふと目に入った自分の服がところどころ破《やぶ》けているのに気づいてショックを受けた。

「ああ！　お兄様に買ってもらった服なのに！」

魔力のぶつかり合いの余波に、薄い布地は耐えられなかったようだ。

汚れは光魔法で浄化することができるが、ほつれや破れは魔法では直せない。

「頼んだら繕《つくろ》ってもらえるかなあ……帰ったらミラにお願いしてみよう。とりあえず、これ以上ぼろぼろにならないように……そうだ」

どうしたものかと悩んだアルムは、肩から下げているバッグの存在を思い出した。


ちなみに、アルムの持つバッグは際限なく物が入る上に腐ることも劣化することもなく保存できるという奇跡のバッグだ。

元は普通のバッグだったのだが、アルムが「もっとたくさん入れて運べればなぁ」とぼやいたのを切っ掛けに容量無制限の底なしバッグに進化した。

そんな奇跡が起きたことを他の誰も知らない上に、アルム本人はそれが奇跡だという認識が薄かったため、いまだにただの便利なバッグとして使われている奇跡のバッグである。


「じゃーん！　聖女時代の法衣～！」

もう着ることはないであろう元職場の制服だが、捨てるのは忍びないのでバッグの中に仕舞っておいたのだ。

聖女の法衣は動きやすく、かつ丈夫《じょうぶ》な生地《きじ》で作られている。

アルムは自分の周囲に十数本の木を生やし、その木の枝を絡《から》み合《あ》わせて即席の壁を作った。木の壁を目隠しにして服を脱ぎ、着替え終わると生やした木を地面に戻す。着ていた服は大事にバッグに仕舞った。

「聖女の格好だけど……ここには王都の人はいないから大丈夫だよね」

聖女は大神殿にしかいない。地方で暮らす人々が聖女の姿を目にする機会はほとんどないと言っていい。この格好を一目見て聖女だとバレて騒ぎになる可能性は低いだろう。

「ふう。つっかれたー!」

アルムは女の子を腕に抱いてベンチに寝転がった。

＊＊＊

護衛に囲まれた二台の馬車が街道を走っていた。

前の一台にはヨハネスが乗り、もう一台にはオスカーとその従者が乗っている。

揺れる馬車の中、ヨハネスは逸《はや》る気持ちを抑えきれなかった。

筋肉男に連れ去られたアルムのことが心配で仕方がない。強引《ごういん》に腹筋をさせられたり無理やり腕立て伏せをやらされて泣いているのではないか。怪しい筋肉増強剤を飲まされて苦しんでいるのではないか。そんな想像をしては「早く助けにいってやらなければ」という使命感が湧《わ》き上がる。

「ガードナーめ……万が一、アルムの力こぶが盛り上がっていたりしたらただじゃおかねえ……」

アルムの精神と筋肉が無事であることを祈ると同時に、ヨハネスの本能はこれがチャンスだと告げていた。

（今のアルムは見知らぬ土地で筋肉男に囚《とら》われている状態……心細いに違いない）

ヨハネスは膝《ひざ》の上で拳をぎゅっと握りしめた。

（そこへ俺が現れれば、さしものアルムもウニったりしないはずだ）

「ウニる」とは、アルムがヨハネスの姿を視界からシャットアウトするために真っ黒い球体状の結界に閉じこもることを指す動詞である。一時期、聖女達が流行語のように使っていたため、ヨハネスにも伝染《うつ》ってしまった。

（なにより、今ここには邪魔者《じゃまもの》（聖女×３）がいない！）

自らに与えられた最大のアドバンテージに、ヨハネスは天を仰《あお》いで歓喜に打ち震えた。

馬車の中にヨハネス以外の人間がいないからいいものの、誰かに見られていたらさぞかし不気味がられる光景だろう。後ろの馬車に乗るオスカーも車間距離を広げたくなるに違いない。

「キサラが到着する前にアルムを口説《くど》き落とす！　俺の全力をもって！」

ヨハネスは力強く決意して、ふと窓の外に目をやった。

青空を、大きな物体がひゅんっと馬車を追い越していくのが見えた。

「……ベンチ？」

一瞬だったが、確かにベンチが空を飛んでいた。

言うまでもなく、アルムの元へ飛んでいく途中のベンチである。

「何やってるんだ、アルム……」

ヨハネスはアルムの身に何が起きているのか知らないが、ベンチが空を飛ぶというありえない現象はアルムの仕業《しわざ》以外に考えられない。

「早く行ってやろう。待ってろ、アルム」

ヨハネスはそう呟いた。

＊＊＊

一方その頃《ころ》、王都の大神殿では。

「キサラ様！　グラスにヒビが！」

「壁に掛けてあった絵が落ちました！」

「不吉ね……やはりあの害虫は何かおぞましき企《たくら》みをしているに違いないわ。清らかなる光が悪しき魂の行く手を阻《はば》むように祈りましょう」

害虫不在の大神殿で、聖女キサラは自身も一刻も早く後を追おうと決意を新たにした。

そんな聖女達の元へ、一通の書状が届けられた。

差出人の名前を確認したキサラは、驚いて「まあ」と呟いた。

＊＊＊

腕の中で子供が身じろぐ気配がして、アルムはうたた寝から目を覚ました。

「ふわあ……あ、おはよう。怪しい者じゃないから泣かないでね」

アルムは大きな欠伸《あくび》の後で女の子ににっこりと笑いかけた。

怖がられて泣き出されると、また先ほどのような魔力のぶつかり合いが起きかねない。威圧感を与えないようにできる限り優しい笑顔を浮かべ、にこにこするように心がける。

女の子はぱちぱちと目を瞬《まばた》いてアルムを見上げた。その瞳《ひとみ》はエメラルドのような鮮《あざ》やかな緑色だった。


「えーと、とりあえず浄化」


アルムは女の子に浄化をかけてみた。すると、ぼさぼさでくすんでいた髪が本来の明るい金色を取り戻した。垢《あか》じみて汚れていた顔も綺麗《きれい》になって、女の子がたいそう整った顔立ちであることが判明した。

「うーん。服もなんとかしてあげたいけど……」

きちんと髪を梳かして明るい色のドレスを着せれば、びっくりするほど可愛《かわい》くなるはずだ。

「赤とかピンクとか、青や黄色も着せてみたいな～」

王都の服屋で見た色とりどりの服を思い浮かべて、それを小さくして目の前の女の子に着せるのを想像した。どれが似合うかな、と考えるだけで少し楽しい。

ウィレムとミラもこんな気持ちでアルムの服を選んでくれていたのだろうかと思うと顔がほころんだ。

「私はアルム。あなたのお名前は？」

「……え……り」

「襟《えり》？」

アルムが首を傾げると、女の子は今度ははっきり「エルリー」と言った。

「エルリー……エルリーっていうのね」

女の子はこくこく頷いた。自分の手が綺麗になっていることが不思議なのか、しきりに服にこすりつけている。

「ねえ、エルリー。どうしてジューゼ伯爵はエルリーを……」

尋ねようとしたアルムの言葉を遮《さえぎ》って、エルリーのお腹《なか》からぐうう～と大きな音がした。

アルムはぷっと吹き出した。そりゃあ、あれだけ魔力を放出すればお腹も減るだろう。

「お腹すいてるのね。ちょっと待ってて」

アルムはバッグの中に手を突っ込んだ。

このバッグには、聖女時代のアルムがやむなく放り込んだ料理の数々がそのままの姿で保存されている。

なので、予期せぬホームレス生活が始まってもアルムが食べ物に困ることはない。

「パンとシチューでいいか。はい、どうぞ」

バッグの中から湯気の立つ料理を取り出されて、エルリーはきょとんと目を丸くした。


遭難した時はむやみに動き回らずに救助を待った方がいいと何かの本で読んだ気がする。

なので、アルムは誰かが捜しにきてくれるのを待つことにした。ガードナーとマリスは今頃《いまごろ》アルムを捜してくれているに違いない。

アルムの隣に座るエルリーはシチューを平らげて今はパンをちまちまかじっている。

あれほど盛大に泣いていたのが嘘《うそ》のように、名前以外は一言も喋《しゃべ》ろうとしない。

(今のところ名前しかわからないけれど、強引に話を聞き出そうとしてまた泣き出されたら大変だしなあ……)

アルムも湖に集まる水鳥を眺めながら、もくもくとパンを食べはじめた。

しばらくの間は落ち着いて水面をたゆたう様子を見せていた水鳥達が、不意にぎゃあぎゃあと騒ぎ出したかと思うと、湖のほとりに黒い靄《もや》が発生した。瘴気だ。

「そういや、水辺は悪い気が集まりやすいんだっけ」

聖女時代にそんな説明を聞いたことがあるなあと思いながら、アルムはベンチに座ったままさっと手を払う。それだけで、生まれたばかりの瘴気はあっさりと霧散した。

すると、今度は足下の泥土の中から黒い煙が噴き上がる。

「はいはい、さようなら」

アルムは片足で煙の噴き出る場所を踏んだ。それで瘴気は消え去った。

これでよし、と思ったのもつかの間、空を見上げれば黒い霧のような瘴気がこちらへ向かってくるのが見える。

「鬱陶《うっとう》しいな、もう！」

アルムは両手を空にかざして光の魔力をぶっ放した。もちろん瘴気は塵《ちり》も残さず消滅する。

「ふう」

一通り瘴気を祓《はら》い終えて再び何事もなかったかのようにベンチに座ってパンをかじり出したアルムの隣で、エルリーは緑の瞳を大きく見開いてぱちぱちと瞬いていた。

第四章 光の聖女と闇《やみ》の聖女

「――光よ、闇を祓《はら》いたまえ！」

取り出した水晶を指に挟み、集中して魔力を流す。

十分に力が貯まったのを確認して、ヨハネスは呪文と共に水晶を瘴気《しょうき》に叩《たた》きつけた。

黒い影は霧散し、消滅する。

ヨハネスはふーっと息を吐き、鎖を引き戻して水晶を懐《ふところ》に仕舞った。

光の魔力を持っているとはいっても、ヨハネスでは聖女のように手をかざすだけで浄化することはできない。一般的な光の魔力を持つ神官と聖女の魔力量はコップと風呂《ふろ》桶ぐらいの差がある。

神官はなんらかの魔力を貯める道具がなくては瘴気を浄化できないのだ。

使う道具は指輪やら杖《つえ》やら人によって様々だが、ヨハネスは細い鎖の先に水晶を取りつけたものを使っている。

なんの道具も使わずにヨハネスに光の塊《かたまり》をぶち当ててくるキサラがいかにすごいことをしているか、ヨハネスにはよくわかっている。同時に、無駄遣《むだづか》いするだけ魔力量があってうらやましいとも思う。

「素晴《すば》らしい。さすがですね」

見学していたオスカーが拍手をする。魔力のないオスカーにはヨハネス程度でも賞賛に値するらしい。

「なんでこんな明るい街道に瘴気が発生するんだ」

急ぐ旅路を邪魔《じゃま》されて、ヨハネスはチッと舌打ちした。

「ジューゼ領が近いので、これも最近の異変の影響でしょう」

オスカーの言葉に「そうか」と応《こた》えて、ヨハネスはきびすを返した。

「すぐに出発するぞ」

少し離れて待機していた馬車と護衛達にそう命じたが、返ってきたのは「馬が瘴気に怯《おび》えて動かなくなってしまった」という報告だった。

仕方がなく、馬が落ち着くまで休憩を取る羽目になった。

ヨハネスは渋々と街道脇《わき》の木陰に腰を下ろした。オスカーも近くに座る。

「やはり神官は光の魔力がある者がなるべきですね。私など神官長の器ではないのに、伯爵家出身が私だけだったばかりに……」

オスカーが溜《た》め息《いき》と共にぼやいた。

「神官長になりたくなかったのか？」

「神官になるのも嫌だったんですよ、本当は」

肩をすくめてオスカーが言う。

「でも、領地に小神殿を抱えている家として、キラノード家では一族の誰《だれ》かが必ず神官にならなければいけないと決められているんです。領地に小神殿を有しながら神官を出さないという誹《そし》りを受けないために。なにより、小神殿への影響力や繋《つな》がりを維持するために」

そんな見栄《みえ》だか意地だかのために、なりたくもない神官職を押しつけられ、ついには神官長にまでなってしまったと愚痴《ぐち》るオスカーに、ヨハネスは「なるほどな」と呟《つぶや》いた。

嫌と言いつつも大神殿の力を借りるために王都まで直談判《じかだんぱん》にやってくるのだから、根が真面目《まじめ》なのだろう。


「俺《おれ》はジューゼ領に立ち寄るが、お前は先に小神殿に帰っていいぞ。部下達が心配だろう」

「いいえ。私も神官長として一度ジューゼ伯爵に挨拶《あいさつ》しておかなければと思っていたので、ちょうどいいです」

キラノード家とジューゼ家は領地が隣同士なので、何かと付き合いがあるのだろう。確かに挨拶はしておいた方がいい。

「そういえば、ジューゼ伯爵の妹君がニムス前神官長と結婚していたはずですよ」

「へえ」

初めて聞く話だが、大して興味のないヨハネスは生返事で聞き流した。彼の頭の中は「早くアルムに会いたい」だけでいっぱいなのだ。

「詳しくは知りませんが、出産の際にお子様ともども命を落とされたとか……私が神官になる前なので、四、五年くらい前の話ですかね」

「ふうん」

適当に相槌《あいづち》を打ちながら、ヨハネスは木に寄りかかって空を見上げた。

（アルムはなんでベンチを引き寄せたんだ……？　ガードナーと共にジューゼ伯爵家に滞在しているのなら、ベンチなど必要ないはず……まさか、またホームレス状態になっているんじゃあ……）

「いや、そんなわけないよな」

自分で自分の思考を「ははっ」と笑い飛ばし、ヨハネスはもうすぐ会えるはずの少女の姿を思い浮かべた。

そんなまさかな想像が実は当たっているのだが、この時のヨハネスには知る由《よし》もなかった。

＊＊＊

「ア、ル、ム」

「あー……るぅ」

「アールームー。アルムだよ」

「あるぅ」


ガードナー達が捜しにきてくれるのを待つ間、暇《ひま》だったのでエルリーに話しかけたのだが、相変わらず自分の名前を名乗った以外では一言も喋《しゃべ》ってくれなかった。

それならばと思い、アルムの名前を呼んでほしいとお願いすると、エルリーはあっさりと口を開いた。ただ、「アルム」と発音するのが難しいのか、どうしても「あーる」か「あるぅ」になる。


「ア、ル、ム！」

「あ……あるるぅ」

「うーん。もういいか、それで」


妥協しながら、アルムは湖のほとりに発生した瘴気を振り向きもせずに浄化した。

先ほどから周囲で何度も瘴気が発生している。どうやら、エルリーの闇の魔力の影響で悪い気が活発になっているようだ。遠くで発生した瘴気もエルリーに引き寄せられてくる。

「護符を新しくしてあげないと駄目《だめ》だなあ」

服に縫いつけられた護符を見て、アルムは首をひねった。この子があの森の中の小屋で暮らしていたのだとしたら、この封印をほどこしたのはジューゼ伯爵ということになる。ジューゼ伯爵がエルリーの父親なのだろうか。

とすると、あのローブの男は何者だ。伯爵は何故《なぜ》あの男にエルリーを引き渡していたのだろう。あの男がエルリーの父親ということはないはずだ。だって、エルリーが泣き出した途端、なんの躊躇《ちゅうちょ》もなく幼子を放《ほう》り投げたのだから。

それよりは、ジューゼ伯爵の隠し子だと思った方が頷ける。

「でも、伯爵にもマリスにも全然似てないんだよなー」

マリスも伯爵も茶髪で茶色い瞳《ひとみ》だ。金の髪と緑色の瞳を持つエルリーの容姿とは似ているところがない。

ただ単にエルリーが母親似という可能性もあるが、するとやはりエルリーを連れていこうとしていたあの男はなんなんだ？　と同じ疑問に戻る。


「あ……あーるぅ」

考え込んでいると、エルリーが不安そうにアルムの名を呼んだ。

すると、その声に引き寄せられたかのようにベンチの周囲に瘴気が発生する。

(もしかして……エルリーが不安になると瘴気が発生しやすくなるの？)

四方八方から寄ってくる瘴気を消滅させせながらアルムは思った。

考えてみれば、エルリーは出会ったばかりの大人――エルリーから見ればアルムも大人だろう――と並んで座らされてあれこれ話しかけられているのだ。不安でないはずがない。

（私が怖い人間じゃないってことをわかってもらわないと）

言葉で「安心して」と言い聞かせても、出会ったばかりのよく知らない人間ではあまり効果がないだろう。

「エルリー、好きな果物《くだもの》はある？」

幼子の信頼を勝ち取る方法を考えた結果、単純に『餌《え》づけ』という手段に行き着いたアルムは地面からにょきにょきと木を生やした。

枝先に実《みの》った果実をもいでエルリーに差し出す。艶《つや》やかな赤いリンゴを目にしたエルリーはきょとんと目を瞬《またた》いた。

「リンゴよりブドウの方が好きかな？」

蔓《つる》が伸びてきてやがて立派な房《ふさ》が実る。

「それともイチゴ？」

緑が繁り、ぽこぽこと生《な》った小さな実が赤く色づく。

「梨？　桃？　オレンジ？　えーと、あとは……」

思いつく限りの果物を次々に実らせていく。

自分で食べたことのあるものしか作れないので、思い浮かぶのはこれくらいだ。アルムは魔法使いではないので、果物を実らせることはできてもお菓子《かし》やケーキを出すことはできない。

「お茶菓子くらいバッグに入れておけばよかった……」

今度からおやつを出されたら少し残してバッグに入れておこうか、いや、せっかくのおやつは残さず平らげたい。そんなジレンマに腕を組む。

「バッグの中に入っているお菓子は、湿気《しけ》らないように入れておいたお徳用大入り袋の煎餅《せんべい》だけか……いや、待てよ」

ふと思いついて、アルムは生やした木を枯れさせて地面に戻すと、今度は小麦を生やして成長させた。

「収穫収穫」

金色に実った小麦が宙に浮かぶ。

「脱穀《だっこく》脱穀」

穂からぱらぱらと実が離れる。

「製粉製粉」

空気で押し潰《つぶ》して粉にする。

「ミルクと砂糖はお茶に入れる用のがあったはず……バターも確か大神殿にいた時にパンと一緒に出されて食べずに放り込んだ記憶が……」

バッグから目的のものを取り出すと、空中で粉と混ぜてこねる。潰して平たくしたら丸い形に抜いて、その周りに小さな結界を張って中に火を入れる。

しばらく待つといい匂《にお》いがしてきた。


「クッキー完成！」


いっさい手を触れずに作ったため手作りクッキーとは呼べないものの、じゃあ他になんて呼べばいいのかわからないクッキーが完成した。

空中にぷかぷか浮いているクッキーをバッグから取り出した皿に並べて、果物に埋《うず》もれているエルリーに差し出した。自分も一枚取って口に入れる。

「はい、食べて食べて！　美味《おい》し……くはなくもない微妙な味だけれど不味《まず》くはない！」

豪快な作り方をしたせいか、ちょっと焦《こ》げっぽい。でも、ちゃんとクッキーの味にはなっている。

「火加減をもうちょっとなんとかして……砂糖はもっと入れなきゃ駄目ね。卵があればもっとちゃんとした味になったかも。硬くなっちゃったのはこねる力が強すぎたのかな？　もっと繊細な魔力の使い方をしないと美味しいクッキーは作れない……私、頑張る！」

クッキーをぼりぼりかじりながら決意するアルム。

エルリーはそんなアルムをじっと見上げていたが、やがて小さな手を伸ばしてクッキーを手に取り、はむっと小さな口でかじりついた。

「……かたい……」


小さな声でぽつりとエルリーが呟いた。

手作り風手作りじゃないクッキーの感想が「硬い」だったのはともかく、初めて名前以外の言葉を喋ったことにアルムはほっと胸を撫《な》で下ろした。

「次はもっとうまく作るね～」

アルムはバッグからコップを取り出すとリンゴを一つ宙に浮かべ、ぐしゃっと潰す。果汁がコップに降《ふ》り注《そそ》ぎ、100パーセント果汁ジュースが完成した。

「あ。オレンジジュースの方がよかった？」

コップを手渡すと、エルリーはぶんぶん首を横に振った。少し震えた手でコップを摑《つか》み、口元に持っていく。


「……おいしい……」

エルリーの言葉を聞いて、アルムはにっこりと笑った。

＊＊＊

聖女の住まう聖殿は大神殿の奥にあり、当然ながら部外者が立ち入ることは許されていない。

ただ、聖女の許しがあれば面会は可能であり、そのための面会室も設けられている。

その面会室に、三人の聖女がしずしずと足を踏み入れた。


「お待たせいたしました。ダンリーク男爵」

「いいえ。突然のお願いにもかかわらず会ってくださりありがとうございます」


面会室で待っていたウィレムは恭《うやうや》しく礼をした。

「それで、お話というのはもちろんアルムのことですのね？」

キサラが早速切り出すと、ウィレムもすぐに首を縦に振った。

「うちの殿下がご迷惑をおかけして、まことに申し訳ありません。面会の希望だの恋文だの、さぞかしご不快な想《おも》いをしていらっしゃることでしょう」

「はい、とても。あ、いいえ、今日は第七王子殿下のことではないのです」

ウィレムはこほんと咳払《せきばら》いをし、真剣な表情で切り出した。

「恥《は》ずかしながら、私の身分ではこの巨悪の陰謀を阻止することが難しく、皆様のお力をお借りしたいのです。――今週末の茶会のことで」

ウィレムはすっと一通の封筒をテーブルの上に差し出した。今朝《けさ》、男爵家の屋敷に届いたものだ。

「王宮で行われるお茶会の招待状ですか？　王都に居住する未婚の貴族令嬢は全員参加……なるほど」

招待状に目を通したキサラが多くを聞かずして大体の事情を悟ったことに気づいたウィレムは神妙な顔つきで頷《うなず》いた。現状、王族以外でこのような強権を行使できるのは一人しかいない。

宰相であるマキシム・クレンドール侯爵。彼が忙しい政務の合間を縫ってまで、わざわざお茶会を開こうというのだ。ただの交流目的のみであるはずがない。

「宰相はこの茶会でアルムとワイオネル殿下が相思相愛であるかのように印象操作するおつもりらしく」

「まあ……！」

「なんてこと」

「許せませんわね」

聖女達は憤慨した。彼女達も『未婚の貴族令嬢』ではあるが、招待状は届いていない。聖女はそうした社交の場には出ないのが昔からの決まりだからだ。

しかし、アルムは聖女を辞めてしまっている。

「社交に慣れていないアルムを一人で茶会の場に引きずり出し、戸惑っている間に都合のいいように進めるつもりね」

「アルムがウニったとしても、その隙に勝手な話を広められるかも……」

「では、アルムを大神殿で保護しましょうか？　ちょうど害虫がいないことですし」

アルムを案じて話し合う聖女達に、ウィレムは「それは大丈夫です」と告げた。

「アルムは今、王都にいません。宰相の企《たくら》みを教えてくれたガードナー殿下が、アルムを同行させて王都から連れ出してくれたので」

「あら。ガードナー殿下が？」

キサラが目を瞬かせた。

キサラ達は第二王子ガードナーとはあまり交流がないため、筋肉愛にあふれる人物であるということしか知らない。

「そういえば、一緒にブートキャンプとかしていましたわね」

メルセデスが頬《ほお》に指を当ててそう呟いた。

「出発したのは招待状が届く前ですので、すれ違いになったと言えばアルムがお茶会を欠席しても大丈夫でしょう」

ウィレムはそう説明した。アルムがただの旅行に行っているのなら「呼び戻せ」と言われるかもしれないが、アルムを連れていったのは『第二王子』なのだ。男爵ごときが第二王子相手に「妹を早く返せ」などと言えるわけがない。クレンドール侯もそれは認めざるを得ないだろう。

「では、アルムはお茶会に参加しなくて済みますのね。それでは、わたくし達に頼みたいこととは？」

ミーガンの問いかけに、ウィレムは顔を引き締めて答えた。

「宰相はアルムがワイオネル殿下に嫁《とつ》がなければならなくなるような情報操作を行うかもしれません。それを食い止める際に、皆様の家にもご助力いただけないかと……」

たとえば、「アルムがワイオネルの妃《きさき》に内定している」なんて噂を流されたら。

たとえば、下級貴族の聖女と若き国王代理の結婚なんていう明らかに誰がモデルかわかるような劇が作られて流布してしまったら。

国民の期待が高まれば高まるほどアルムは追いつめられてしまう。

噂にしろ劇にしろ、止めるには権力と人脈が必要だ。ダンリーク男爵家では力が足りない。

だから、デローワン侯爵家、キャゼルヌ伯爵家、オルランド伯爵家の力を借りたい。

「なるほど。確かにその通りですわね」

納得したキサラが小さく溜め息を吐《つ》く。

「事情は理解いたしました。では、わたくし達から父に伝えておきま――」

「いや。その必要はない」

不意に、この場にいない人間の声が響いて、四人はぎょっとして辺りを見回した。

「だっ、誰だ？」

「この声は……」

うろたえる彼らの頭上、天井《てんじょう》の板が外され、そこから男が一人降ってきて床に着地した。

「なっ、く、曲者っ……！」

ウィレムはとっさに聖女達を背中に庇《かば》った。

まさか大神殿に侵入者が現れるとは。聖女を守る聖騎士は何をやっているんだと憤《いきどお》るウィレムの前で、男がゆっくりと立ち上がった。

「お……」

キサラが声を震わせる。

ウィレムは自分が盾となって聖女達を守らねばと覚悟を固めた。

「お、お父様⁉」

「……は？」


キサラの素《す》っ頓狂《とんきょう》な声に、ウィレムの緊張が途切れる。お父様と呼ばれた男が振り向き、賊とは思えない鷹揚《おうよう》で威厳ある仕草で口髭《くちひげ》を撫でた。

「会うのは初めてだな、ダンリーク男爵。私は聖女キサラの父、デローワン侯爵だ」

「デ、デローワン侯爵……？」

キサラと同じ葡萄酒《ぶどうしゅ》色の総髪の男性は、確かに高位貴族にふさわしい品格がある。

だがしかし、普通の侯爵は天井から降ってはこない。

「お父様、どうしてここにいるのです？」

「ふっ。キサラよ。今まで秘密にしていたが、お前の身を守るために大神殿には常に侯爵家の『影』を潜入させている」

「なっ、なんですって……っ」

侯爵の言葉に、キサラは驚愕《きょうがく》して青ざめた。

「言っておくが、我が家だけではないぞ。キャゼルヌ家もオルランド家も密かに手の者を送り込んでいる」

「うそっ」

「まさか……」

メルセデスとミーガンも青くなって声を震わせた。まさかの事実だ。

「そんな真似《まね》をしたら、いかに侯爵といえどただでは済みませんわ……っ」

父親を案じたキサラが取り乱して訴える。

ウィレムもごくりと息をのんだ。だが、デローワン侯爵は少しも慌てずにこう言った。

「問題ない。聖女の父親が娘を心配して『影』を送り込むのは暗黙の了解で認められている伝統だ」

「はあ?」

デローワン侯爵の説明によると、離れて暮らす娘に悪い虫がつくのではないかと、聖女になった娘のことが心配で仕事も手につかないと訴えた貴族が過去に存在したらしく、娘の様子を見るだけという条件付きで大神殿へ『影』を入れることが認められたらしい。

「今日は娘が若い男と会うと報告を受けたので、心配で私が自ら来てしまったよ」

はっはっはっ。と笑うデローワン侯爵だが、そんな話を聞かされたウィレムはなんと答えればいいのかわからなかった。

「ところで、ダンリーク君。先ほどの話だが、アルム嬢を守るために我々と手を結びたいということでいいのだね?」

「え、あ、はい」

侯爵が降ってきた衝撃で直前まで何を話していたか忘れてしまったが、ウィレムは思わず頷いた。

「では、君も『聖女父兄会』に入るということだな」

「ちょっと待ってください。『聖女父兄会』ってなんですか？」

さすがに聞き捨てできない。ウィレムはびしっと挙手《きょしゅ》して尋ねた。

「アルム嬢が聖女になった時に君にも入会を勧める手紙を送ったはずだがなあ」

「手紙……？」

ウィレムは二年前の記憶を探った。

言われてみれば確かに、聖女の父兄同士で協力しよう的な手紙が来ていたような記憶がある。

その頃のウィレムはアルムの幸せのためには自分はあまりかかわらない方がいいだろうと思っていたので、『自分は聖女となった異母妹の父兄面をするつもりはありません』という感じの断り文句を書いて送り返したのではなかったか。

「聖女に選ばれたことは名誉であるが、神官や聖騎士などの男がたくさんいる場所で娘が暮らすのは心配でたまらん。歴代の聖女達の父兄は協力して不埒《ふらち》な男どもから娘を守っていたのだ」

聖職者を不埒者呼ばわりしたデローワン侯爵がウィレムに手を差し伸べた。

「君もアルム嬢を守りたいのだろう。ならば、我々は同志だ！」

「侯爵……っ！」

あふれる威厳に圧《お》されて、ウィレムは思わずその手を取っていた。

その横で、聖女達がひそひそと囁《ささや》きを交わす。

「じゃあ、もしかしてこれまでにもお父様が天井に潜んでいたことがあったのかしら……？」

「まさか、うちのお父様も……？」

「う、うちのお父様はメタボ気味ですから、天井裏には潜めないはずですわっ……」

高位貴族令嬢として、『影』を付けられること自体はさほど抵抗を感じないが、そこに時々実の父親が交ざっていたと言われると動揺を隠せない。

「娘をやらしい目つきで見た見習いを小神殿に飛ばしたり、必要以上に娘に声をかけようとしてくる従者を夜道で待ち伏せて警告したりと、なかなか忙しいぞ。覚悟はいいかね？」

「は、はいっ！　アルムのためなら！」

「その意気やよし！　我らが力を貸そう！　ふっ……宰相クレンドール侯か。相手にとって不足はない」

戦々恐々とする聖女達を尻目《しりめ》に、男達は崇高な志の元に結束を強めている。

「そういえば、よく見かける見習いがいつの間にかいなくなっていたことが……」

「やたら声をかけてくる従者に、ある日突然青い顔で距離を取られたのって、もしかして……」

「渡された手紙がいつの間にか消えていたこともありましたけど……」

思い当たる節があって、聖女達は頭を抱えた。

「はあ……なんだかわたくしも大神殿から逃げ出したい気分になったわ」

キサラは溜め息を吐いて椅子《いす》に沈み込んだ。いっそ気分転換にアルムとガードナーの旅行に合流したいところだが、自分にはヨハネスの後に続いてキラノード領へ向かう役目があるのだと萎えそうになる気力を叱咤《しった》した。

「そういえば、アルムはどこへ行っているんですか?」

メルセデスがウィレムに尋ねた。

「ええ。アルムは今、ジューゼ伯爵の元でお世話になっています」

ウィレムの答えを聞いて、キサラはジューゼ伯爵領の位置を思い浮かべた。王都に近い小さな領地だ。森と湖のあるのどかな地で、ジューゼ領産の羽毛製品は高級品として知られている。隣り合うキラノード領に小神殿がある他は特に何も変わったところのない――

そこまで考えて、キサラは何か引っかかった。

キラノード領。小神殿。それはまさに今、ヨハネスが向かっているはずの場所だ。

ヨハネスの向かう場所のすぐ近くに、アルムがいるということではないか。

待てよ。ヨハネスはやたらと急いで――キサラを連れずに一人で駆けつけたいという不自然な態度ではなかったか。

アルムを連れていったのがガードナーなのだから、兄王子の動向がヨハネスの耳に入った可能性は十分にある。

「あ……あ、あの腐れ男ぉっ‼　そういう魂胆だったのねっ‼」

ヨハネスがオスカーの依頼に乗じてアルムの元へ向かったことに気づき、キサラは怒りに拳《こぶし》を握りしめた。

＊＊＊

おやつの時間を終えて、アルムは再び無言になったエルリーとどうやって仲良くなろうか頭を悩ませた。

餌づけ以外に幼子と仲良くなる方法といえば、一緒に遊んだりおもしろいお話を聞かせてやるのが思い浮かぶが、アルムは小さい子が何して遊ぶのかよく知らない。アルム自身も小さい頃に誰かと遊んだ記憶がないからだ。

それに、アルムには母親からお話を聞かせてもらった経験がない。だから、子供が喜びそうな物語がぱっと思い浮かばない。

(女の子が喜びそうなお話といえば、お姫様と王子様が出てくるような……)

かわいそうな女の子が親切な魔法使いに魔法でドレスを出してもらって舞踏会へ行き、王子様に見初められて結婚してハッピーエンド。そんなお話が王道だろう。

しかし、王子という生き物の実態を垣間見てしまったアルムにはあっさりハッピーエンドが信じられない。ちょっと待って、その王子、パワハラとかしませんか？

第一印象で決めない方がいいと思う。ヨハネスだって、第一印象はよかったのだ。

「エルリー……優しそうな王子様が近づいてきたら気をつけるのよ。優しいのは外見だけってことがあるからね」

「？」

悲惨な実体験から思わずそう忠告してしまったが、エルリーは不思議そうに首を傾《かし》げただけだった。

（あと、私が知っているお話といえば、大聖女ミケルが闇の魔導師と闘った伝説だけど……闇の魔力を持つエルリーに闇の魔導師が倒される話をするわけには）

自分の引き出しの少なさに、アルムは「うむむ」と唸《うな》った。

（ここが王都なら、エルリーに可愛い服を買ってあげられるのに……）

アルムは置き物のように座っているエルリーを眺めてそう思った。

（でも、綺麗《きれい》な服を着せても、魔力を抑えるために護符をべたべた貼《は》ったら台無しだよね。護符がなくても闇の魔力を抑えられるようにできればいいんだけど……）

アルムは「ん～」と唸りながら足をばたばた動かし、闇の魔力を抑える方法を考えた。

エルリー自身が魔力をコントロールできるようになるのがもちろん一番いいのだが、まだ幼いエルリーが一朝一夕でそんなことができるようになるはずがない。

考えに耽《ふけ》っているアルムの足元に、ぽこぽことたんぽぽの花が咲いた。アルムが無意識に咲かせてしまったのだが、それに気づいたエルリーはじっとたんぽぽをみつめた。

「う〜ん、魔力のコントロール……ん？」

ぽこぽこぽこっ、と次々に顔を出すたんぽぽを興味深そうにみつめるエルリーに気づいて、アルムはぱちんと指を鳴らした。

「そうだ。女の子だもの、お花は好きだよね！」

アルムは地面に手をかざして、ベンチの周りにたくさんの花を咲かせた。

次々に芽吹《めぶ》き、色とりどりの花がベンチの周囲に咲き誇る。エルリーは目を見開いて花畑となった地面をみつめていた。

「あっ。そうだ！」

いいことを思いついて、アルムは手をさっと一振りした。すると、周囲に咲いた花がぷちぷちと摘《つ》まれてアルムの手元に集まってきた。それらを花冠を作る要領で茎を編んで、エルリーの腰に巻いてみた。花のベルトだ。

「可愛《かわい》い！」

アルムは目を丸くするエルリーの周りに摘んだ花をふわふわと浮かべた。

「何色の花が好き？」

にっこり笑って尋ねると、エルリーは丸い緑色の瞳でじっとアルムを見上げてきた。

微笑《ほほえ》むアルムとしばし目を見合わせた後で、エルリーは小さな手を伸ばして、宙に浮かぶ花の中から紫色《むらさきいろ》の花をそっと掴み取った。

＊＊＊

瘴気に足止めされたりして、予定よりも到着が遅れてしまった。ヨハネス一行がジューゼ伯爵の館の前に馬車を停めた時にはすっかり日が暮れていた。

（ようやくアルムに会える！　まずはウニ化の対策だ！）

馬車を降りて館の前に立ったヨハネスは、さっとオスカーの背中に隠れた。

「うわっ。何してるんですか？」

突然の奇行に、オスカーがどん引きする。

「最初だけは俺は顔を隠して入らなければならない。顔を見せただけでウニられる危険があるからな」

「ウニられる……とは？」

心底不気味そうに立ちすくむオスカーの背中を押して促《うなが》そうとしたその時、数頭の馬が駆けてくる音が響いた。

「お？　ヨハネスではないか？」

先頭の馬に乗ってきたガードナーが目を丸くした。

「ガードナー！」

「何故こんなところにいるのだ？　大神殿はどうした？」

「どうしたもこうしたもあるか！　お前がアルムをさらったりするからっ……」

馬を下りたガードナーに食ってかかるヨハネスの横を、気を失っている中年男を運ぶ兵士達が通り抜けた。

「ジューゼ伯爵⁉」

オスカーのあげた声を聞いて、ヨハネスは振り返った。館の中からは「旦那様《だんなさま》⁉」と悲鳴のような声が聞こえてきた。

気絶している領主。そして、ヨハネスの前に立つ筋肉男。

「てめぇ！　ジューゼ伯爵に何しやがった⁉　腕立て百回を強要したのか⁉　それとも腹筋百回か⁉　背筋百回か⁉　正直に言え！」

「確かに伯爵は筋トレさせたくなる体型だが、俺は何もしていないぞ。筋肉は自《みずか》ら求め、鍛えるものだ。望まれない筋肉を生むのは筋肉にとっても悲劇だ。だからこそ、国民が健全な精神で筋肉を育めるように啓蒙活動《けいもうかつどう》が必要だ」

「嘘《うそ》つけ！　そうか、わかったぞ！　逆立ちで領地一周とか命令しやがったな！」

伯爵に続いて老女が運ばれてきたのを目にして、ヨハネスは「あんな年寄りにまで筋トレを……っ」と呻《うめ》いた。

「俺が来たからにはこれ以上王家の評判を落とさせはしないぞ！　アルムをムキムキにもさせない！　アルムはどこだ⁉」

「アルムならおそらく幼女と一緒に空の彼方に吹っ飛んでいった」

「どういうことだ!?」

どうしてそうなったかまったく理解できないガードナーの説明に、ヨハネスは突っ込みを入れた。

「あの、ヨハネス殿下、と……ガードナー殿下？」

荒ぶるヨハネスの後ろから、オスカーがおずおずと声をかけてきた。

「聖女アルムがこの地に来ている、ということでしょうか？」

「あ……」

困惑した表情のオスカーにまっすぐ見据えられ、ヨハネスはばつが悪くなって思わず目をそらした。

ヨハネスがジューゼ領に寄りたかったのはここにアルムがいると知っていたからで、オスカーの訴えを利用する形でここまで来たのだ。とにかく早くアルムに会いたくて焦っていたとはいえ、真剣に領地の平和を思っているオスカーに対して今さらながらに恥じ入る気持ちになった。

「ん？　そなたは……」

「失礼いたしました、第二王子殿下。私はオスカー・キラノード。キラノード小神殿の神官長です」

「おお。キラノード伯爵家の者か。何故ここに？」

ガードナーの問いにオスカーは一度口を開きかけたが、気が変わったのか答えることはせずに少しの間を置いてこう提案した。

「とりあえず、家に入らせてもらいましょう。入り口の前で突っ立っているわけにもいきません」

「あ、ああ。そうだな」

ヨハネスは我に返って咳払いをした。どこか部屋を貸してもらって、オスカーにはアルムがここにいることを、ガードナーにはオスカーの目的を、説明しなければならない。自分ももう少しガードナーを問い詰めたい。

ヨハネスとガードナー、オスカーの三人は、開いたままの扉をくぐって館の中に入ろうとした。

しかし、その寸前に背後から聞こえた羽音に、三人は同時に振り向いた。

夜の闇よりもなお黒い塊が、宙にわだかまっていた。

それは鳥の形をしていた。

「……下がれ。これは瘴気だ」

ヨハネスは懐に手を入れて水晶を取り出しながら、ガードナーとオスカーの前に出た。

鳥の姿をした瘴気の塊は、警戒するヨハネスの前で空中にゆらゆら浮かびながら言葉を発した。

『……ジュー……ゼ伯爵に伝エ……ロ』

「喋った⁉」

オスカーが驚いて後ずさった。

「これは使い魔だ。闇の魔導師が瘴気で鳥の形を作って飛ばしている」

『ソの……通り、ダ……』

ヨハネスの説明に、鳥が同意を返す。どうやら、こちらと会話が可能なようだ。

「闇の魔力はこんなことができるのか……」

ヨハネスの背後で、そう呟いたオスカーが息をのむ気配がした。

『伯爵に、伝えろ、娘は預かった……闇の聖女と引き換えだ』

「闇の聖女、だあ？」

ヨハネスは怪訝《けげん》に顔を歪《ゆが》めた。

「いったい、なんのこと……」

『ちょっと！　誰と喋っているのよ！　説明しなさいよね！　そもそもアンタは誰なのよ‼』

なんのことだ、と問おうとしたヨハネスの言葉を遮《さえぎ》って、鳥が甲高《かんだか》い声でわめき出した。一番近くにいたヨハネスは思わず耳をふさいだ。

『ちょっ……やめろ！　じっとしてろ！』

『はあーっ⁉　一人でぶつぶつ言ってないで、とっとと私をさらった理由を説明しなさいよ！』

『やめっ……揺らすな！　繊細な術の最中なんだぞ！』

『知らないわよ！　そんなこと！』


鳥の形が揺らぐ。術者が集中できていないのだ。


『このっ！　おとなしくしろ、じゃじゃ馬！』

『なんですってぇーっ!?』

『うわっ、やめろ馬鹿《ばか》！　駄目だってっ……』


鳥の形が崩れて、瘴気が空気に溶けるように消滅した。


ヨハネスは何もなくなった空中を無言でみつめた。

「……なんだったんだ？」

「今のはマリスの声だ。うむ。無事なようだな」

ガードナーはうんうんと頷いているが、オスカーはぽかんと口を開けて虚空《こくう》を眺めていた。

第五章　魔物と村人達

辺りがすっかり暗くなると、アルムは照明代わりに光球を生み出して宙に浮かべた。

エルリーはアルムが光を生み出すのを目を丸くして見ていた。

「ごめんね。今日は野宿だよ」

アルムがエルリーの顔を覗《のぞ》き込んでそう言うと、エルリーは不思議そうに首を傾げてアルムを見上げた。

今日のところはみつけてもらえなかったが、アルムは野宿対応可の令嬢なので一晩外で過ごすくらいまったく平気だ。

「久しぶりの野宿だ～」

大神殿を飛び出して廃公園で過ごした日々を思い出しながら、アルムはベンチの周りに結界を張った。

「明日はみつけてもらえるかなあ……あ、そうだ。空に浮いていた方がみつけてもらいやすいんじゃない？　明日は一日、ベンチごと浮いていようかな」

無尽蔵な魔力を持っている者にしか言えない台詞《せりふ》である。

「それとも天まで届く光の柱でも出した方が目立つかな？」

目立ちはするだろうが、そんなものを出したらガードナー達にみつけてもらえるだけでは済まない。目撃した民が天変地異《てんぺんちい》の前触れだと大騒ぎするだろう。

みつけてもらう方法を考えながら、アルムはエルリーを抱っこしてベンチに寝転んだ。

「明日はもっとたくさんお花を咲かせてあげようか？」

紫《むらさき》の花を大事そうに握っているエルリーにそう声をかける。エルリーは相変わらず喋《しゃべ》らないが、花は気に入ってくれたようだった。アルムの魔力で咲かせた花なので、二、三日はしおれることもない。

明日のことを考えて、アルムはふと眉根《まゆね》を寄せた。

みつけてもらって伯爵の館に戻れたら、アルムはそれでいいがエルリーはどうなるのだろう。

闇《やみ》の魔力を持つエルリーが瘴気《しょうき》を引き寄せてしまう限り、普通の人々からは恐れられ遠ざけられる。エルリーのそばにいられるのはアルムのように光の魔力を持つ者だけだ。

（伯爵は、どうして神殿に相談しなかったんだろう？）

ジューゼ伯爵とエルリーの関係はわからないが、護符で雁字搦《がんじがら》めにして森の小屋に閉じ込めるよりも、神殿に助けを求めた方がずっと簡単だしエルリーのためになったはずだ。

（隣のキラノード領には小神殿があるのに……そうだ。確かマリスが、キラノード小神殿の前神官長が叔母と……伯爵の妹と結婚していたって言ってたよね？　だったら、相談しやすかったはずなのに……）

相談していたら今頃《いまごろ》は——どうなっていただろう。

闇の魔力を持って生まれてきた人々がどうやって暮らしているのか、アルムは知らない。気にしたこともなかった。

どこかで魔力の扱い方を学ぶのだろうか。魔力をコントロールできるようになれば、普通に暮らせるのだろうか。

考え込むアルムの胸元《むなもと》で、エルリーは紫色の花をくるくると回して飽きずに眺めている。

その姿を見てアルムは思った。

（とにかく、エルリーが自由に過ごせるようにしなくちゃ……自由に……）

エルリーが花畑の中を元気に駆け回る光景を想像しながら、アルムは目を閉じた。

＊＊＊

頭の上ですうすうと寝息が聞こえてきて、エルリーは顔を上げてアルムを見た。

水鳥も眠りにつき、辺りにはかすかな風の音と時折聞こえてくるカエルの声しかしない。エルリーはいつも夜は護符の貼《は》られた部屋に一人きりで閉じ込められているため、誰《だれ》かが眠っている姿を見るのは初めてだった。

エルリーが知っている人間は三人。食べ物を持ってきたり体を拭いたりする老女と、時々顔を見せるだけの「旦那様《だんなさま》」と呼ばれている男。

あと一人。いつもエルリーを悲しそうな目でじっと見つめる男は、ここのところずっと姿を見せない。老女も「旦那様」も極力エルリーに触れないようにしているが、この男だけはいつもエルリーを抱き上げたり膝《ひざ》に乗せたりしていた。去り際には抱きしめられて頭を撫《な》でられ、「エルリー」と名を呼ばれた。

目の前で眠っている少女はその三人とはまったく違う生き物のようにエルリーには感じられた。エルリーを抱き上げる男はいつも悲しそうで、他の二人は何かを恐れるようにしか触れてこなかったのに。アルムは何も怖くない様子でエルリーに触れ、平然と話しかけてくる。こんな人間を、エルリーは知らなかった。

初めての屋外、初めての経験に驚いているエルリーは目がさえて全然眠くない。眠っている間に目の前の人間が夢のように消えてしまうのではないかと思うと、不安で目をつぶることすらできない。

それに、夜になると瘴気が昼間よりも勢いを増す。

護符に囲まれた部屋にいても、エルリーにはわかった。外では、闇がエルリーを求めてさまよっている。闇がエルリーを呼んでいる。

それは日に日に近づいてきているような気がしていた。

今夜、エルリーは小屋の外にいる。

この機会を逃すまいと闇が手を伸ばしてきそうで、怯《おび》えたエルリーは紫の花を握る手に力を込めた。

やがて、エルリーの耳にざわざわと闇のざわめきが聞こえてきた。


エ……ル……リー……エル……リ……


不気味な気配がじわじわと迫ってきて、自分を呼びはじめた。無視をしても、声はだんだん大きくはっきりしてくる。

エルリーはぶるぶると震えて身を縮こませた。

次の瞬間、

「うーん……うるさい」

眠っているアルムが、目を閉じたまま無造作に腕を振った。

アルムの手から放射状に放たれた光が、エルリーに迫ってきていた闇をあっさりと打ち払った。

「むにゃ……よはねしゅでんかのばーか……」

エルリーはきょとんと目を丸くして、何事もなかったようにぐっすり眠っているアルムをみつめた。

静かになった夜の闇の中で、聞こえるのはかすかな風の音と時折聞こえるカエルの声、それから健《すこ》やかな寝息。

アルムの寝息をじっと聞いていたエルリーは、やがて片方の手を伸ばしてそっとアルムの服を摑《つか》み、懐《ふところ》に潜り込んだ。

＊＊＊

「つまり、その闇の魔力を持っていると思《おぼ》しき子供と一緒に行方《ゆくえ》がわからなくなったんだな。アルムは……」

一通り、ガードナーの説明を聞いたヨハネスは、わめき散らしたい衝動を抑えて深く息を吐いた。

(落ち着けよ……ベンチが飛んでいったってことは、アルムはどこかで無事でいるんだ)

『ベンチが飛ぶ』、すなわち、『アルムは元気』なはずだ。

廃公園で生き生きとホームレス生活を楽しんでいたことを思うと、今もどこかで結界を張って過ごしているのだろう。

ベンチが飛んでいった理由がわかったヨハネスは、アルムは大丈夫だと自分に言い聞かせた。

(とはいえ、知らない土地で闇の魔力を持つ子供とふたりきりだなんて……早く迎えにいってやらなければ)

ヨハネスはうつむいていた顔を上げて、応接間の窓から夜の闇を眺めた。

すっかり暗くなってしまった。アルムの捜索も、闇の魔導師を追うのも、明るくならなければ始められない。

元聖女が闇の魔力を持つ子供と共に行方不明になっていて、その子供を狙《ねら》う闇の魔導師が伯爵令嬢を人質に取っている。

領民に知られたら大変な騒ぎになる。慎重に行動しなければならない。

「アルムと一緒に吹っ飛んでいったというその子供が、闇の聖女とやらなのか？」

ヨハネスは眉《まゆ》をひそめて呟《つぶや》いた。そもそも闇の聖女なんて言葉は聞いたことがない。たぐいまれな光の魔力を持つ少女を聖女と呼ぶように、強い闇の魔力を持つ子供を闇の聖女と呼び祭り上げるつもりなのだろうか。

「とにかく、伯爵が目を覚ました後で話を聞かせてもらおう。何か知っているに違いない」

伯爵夫人にも話を聞いてみたが、彼女は何も知らないようだ。

夫が倒れた上に娘がさらわれたと知った夫人は動揺していたが取り乱すことはなく、ヨハネスの質問にもしっかり答えていた。

（ようやくアルムに会えると思ったのに……）

再会が先延ばしにされて、ヨハネスは小さく溜《た》め息《いき》を吐《つ》いた。

「なに、心配するな。アルムならたいていのことは自分でなんとかできるだろう。子供もおそらくアルムと一緒にいるのだろうし。心配ない」

ヨハネスの溜め息をアルムの身を案じてのものと思ったのか、ガードナーが肩に手を置いて励ます。

「しかし……その子供をみつけたとして、我々はどうしたらいいのでしょう。要求通りに引き渡す

はいかない。


わけにはいきませんし」

オスカーが難しい顔でぽつりと漏《も》らした。

マリスを救出しなければならないのはもちろんだが、子供を闇の魔導師なんぞに引き渡すわけにはいかない。

「うむ。とにかくまずはアルムをみつけて子供を保護し、マリスを助けなくてはな！　よし！　不安を吹き飛ばすためのストレッチだ！　両手を頭の後ろに回して足は肩幅に開いて腰を落とす！」

ガードナーが筋トレを始める。

「ガードナー殿下……マリス嬢を人質に取る卑劣な闇の魔導師への怒りを抑えきれず、じっとしていられないのですね。お気持ちは痛いほどよくわかります……」

感極まったように呟くオスカーに「こいつはただ筋トレがしたいだけだ」と真実を告げることができず、ヨハネスは無言で目をそらした。

＊＊＊

村一番の猟師であるリヴァーの朝は早い。

村人達から尊敬と親しみを込めて「リヴァー爺《じい》さん」と呼ばれる彼は、水鳥を射落とす名人だ。

今朝《けさ》も夜明けと同時に起き出して、まだ薄暗い朝靄《あさもや》の中を村人が「大沼」と呼ぶ小さな湖に向かって出発した。

大沼の水鳥は昔からリヴァーの住むミズリ村に貴重な肉と現金収入を与えてくれるありがたい存在だ。だが、ここ最近は大沼の周囲で瘴気の発生が相次いで、皆怯えて大沼に近寄ることができなくなっていた。

村人達はリヴァーにも大沼に近づかないように忠告してくるが、水鳥捕りの名人として名を馳せる彼は瘴気なぞに生業を邪魔《じゃま》されるのが我慢ならなかった。

「瘴気がなんだ。そんなもんにびびっていられるかい」

そう嘯《うそぶ》きながらやってきた大沼で、彼は見慣れぬものを目にした。大沼のそばに一台のベンチが置かれているのだ。

昨日まではそんな場所にベンチなどなかった。いったい誰が設置したんだと怪しみながら目を凝らすと、見たことのない少女がベンチに横になって眠っているのがわかった。近寄りながらよく見ると、少女の脇《わき》には三、四歳くらいの女の子がぴったりとくっついて眠っている。

「はて。この子達はいったいどこから来たんだ？」

姉妹だろうかとも考えたが、片方がぼろぼろの服を着ているのに対して、十代半ばくらいの年頃の少女は汚れのない真っ白な服を着ていた。明らかに上等な生地《きじ》の服を着ていることからして、貴族か上流階級の娘だろう。そんな身分の娘が、こんな場所にいるはずがない。

とりあえず起こそうとベンチに近づいたリヴァーだったが、あと数歩で手が届くというところで何かにぶち当たって後ずさった。

「な、なんだ？」

目には何も見えない。だが、確かに壁のようなものがリヴァーの行く手を阻《はば》んだ。

「はっ！　そうか、これは闇の魔物の罠《わな》だ！」

こんなところにこんな貴族のような娘がいるはずがない。綺麗《きれい》な娘の姿で人をおびき寄せる魔物に違いない。小さい方がぼろぼろな格好をしているのは、まだ上手《うま》く人間に化けられないためだろう。

「おのれ魔物どもめ！　待っていろ！　退治してくれる！」

リヴァーは一目散に村へと引き返していった。


その直後、アルムは目を覚ました。

「ふあ？　朝か」

欠伸《あくび》をしながら身を起こすと、アルムにくっついていたエルリーも目を開ける。

アルムはバッグから適当に朝食を出してエルリーに食べさせた。

「さて、どうやって伯爵の館に帰ろうかなあ」

自分もパンにかじりつきながら独《ひと》りごちる。

「うーん。手っ取り早くみつけてもらうには……」

どうやって自分がここにいることを伝えようかと首をひねっていると、にわかに人の声と足音がして、十数人の男女が駆け寄ってきてベンチの周りを取り囲んだ。

それはリヴァーが呼んできたミズリ村の村人達だった。彼らは手に弓矢や斧《おの》や鍬《くわ》を携えており、先頭に立つリヴァーがアルムを指さして怒鳴った。


「覚悟しろ、魔物め！」

「へ？」


突然の魔物呼ばわりに、アルムは目を白黒させた。

「本当だ！　見えない壁があるぞ！」

「妙な術を使いやがって！」

「気をつけろ！　目を合わせると心を操《あやつ》られるかもしれない！」

結界の外でごちゃごちゃわめく人々を見て、アルムははっと思いついた。

（そうだ。この人達に伯爵家の場所を聞こう）

そう思って口を開こうとしたアルムだったが、その前にリヴァーが弓に矢をつがえてこちらへ向けてきた。

「食らえっ！」

矢が放たれる。結界があるのでアルムは平気だが、結界に弾《はじ》かれて跳ね返った矢が誰かに当たったら危ない。アルムはとっさに人々の前に木の壁を作った。

跳ね返った矢から守るためだったのだが、村人達は突然伸びてきた木の根に驚いて悲鳴をあげた。

「うわあ、なんだこれは？」

「魔物の攻撃だ！」

「おのれ！」

攻撃されたと勘違いした村人達は、斧や鍬で木の壁を破壊しはじめる。

わざわざ壊さなくてもすぐ片づけるのに、と思いながら眺めていたアルムの袖《そで》が、くいっと小さな力で引かれた。

見ると、不安そうに眉を下げたエルリーが潤んだ瞳《ひとみ》でアルムを見上げていた。

「あーるぅ……」

自分を頼るように呼ぶエルリーに、アルムの胸がきゅんと鳴った。

大勢の大人が騒いでいるのを目にして怖くなったのだろう。エルリーは片方の手に紫の花を握り、もう片方の手でアルムを摑んでいる。

アルムはエルリーを膝に乗せると、すぐそばにブドウの木を生やして、実った房《ふさ》をもいで一粒ずつエルリーの口に入れてやった。

「怖がっているので少し静かにしてもらえますか？」

もきゅもきゅと口を動かすエルリーがブドウに夢中になっている隙に、アルムは村人達に向かって手をかざした。

「あと、子供に物騒なもの向けないでください！」

そう言って手を振ると、村人達の手から得物《えもの》がもぎ取られて宙に浮かび上がった。

手の届かない高さに浮かべられた斧や鍬に、村人達は顔を青くする。

「どうする？　武器が奪われたぞ！」

「くっ、卑怯《ひきょう》な！」

「一度、村に戻るか？」

「いいや。背中を見せた途端、攻撃されるかも……」

村人達はここのところ大沼の周囲に頻繁に瘴気が発生するのに困り果てていた。

瘴気が発生すると神官に浄化してもらうまで大沼に近寄れなくなるし、大沼に生息する水鳥にも影響が出るかも知れない。もちろん、人間にとっても危険だ。

「瘴気の原因はきっとあの魔物達だ。倒せなくとも、ここから追い払えれば……」

「でも、神官はすぐには呼べないし、武器も奪われて……」

神官が来てくれるまで何もできずに見ているしかないのか、と村人達は悔《くや》しそうにうつむいた。

その時、下を向く村人達の中から一歩踏み出した者がいた。

「どうやら、俺《おれ》の出番のようだな」

その声に、村人達ははっと顔を上げた。

「お、お前は……村一番の力持ち！　『秋の巨大カボチャ持ち上げ大会』で五年連続優勝のアンドリュー！」

「くくく……今年はもっと大きなカボチャを用意しておきな」

アンドリューは自慢の腕《うで》っ節《ぷし》を見せつけるように袖をまくった。

「妙な術を使う魔物のようだが、見かけは強くなさそうだ。この見えない壁さえ壊せばどうとでもできるだろうぜ」

そう言って指を鳴らすアンドリューに、村人達は顔を輝かせた。

「おお！　なるほど！」

「頼んだぞアンドリュー！」

「任せておけ」

アンドリューはふんふんと鼻を鳴らして見えない壁の前に立った。

「ふぅぅぅ〜」

息を吸い込んで集中する。目を閉じたアンドリューの脳裏に、美しい思い出が蘇《よみがえ》った。

仲の良い幼馴染《おさななじみ》の少女と、大沼のほとりを歩いた記憶。

『リューちゃん……私ね、お父さんの仕事の都合で遠くに引っ越すことになったの』

『え……？』

『リューちゃん。私のこと、忘れないでね』

そう言って微笑《ほほえ》んだ少女の姿。

「幼馴染のヘレナが俺にこう言ったんだ。『大沼のほとりにこの赤い花が咲いたら、私のこと思い出して』って……ああ、ヘレナ！　俺達の大切な思い出の場所は、俺がこの手で守ってみせる！」

アンドリューは右の拳《こぶし》に渾身の力を込めて振りかぶった。

「うおおおっ‼　唸《うな》れ俺の拳ぃーっ‼」

力強い拳が勢いをつけて振り下ろされた。

だが、拳が見えない壁を突き破《やぶ》ることはなかった。

「ぴぃっ」
がたいのいい男が突然殴りかかってくる姿を目にして怯えたエルリーが、子猫のような声をあげてアルムに抱きついたのだ。
その瞬間、アルムの庇護欲に火がついて燃え上がった。

「エルリーが怖がってるでしょうがーっ!!」

一声吠えたアルムが手をかざし、拳を振り下ろすアンドリューを吹っ飛ばした。

「「アンドリューーッ!!」」

村の方角へ吹っ飛ばされていくアンドリューを見上げて、村人達が叫《さけ》んだ。

＊＊＊

「ねえ、ちょっと！　どこに行くのよ？」

マリスはふくれっ面で前を行く背中に問いかけた。腕を縄で縛られていなければその背中を殴ってやるところだ。

「うるさい。黙ってついてこい。逃げたら瘴気を浴びせるからな」

振り返りもせずに不機嫌そうに答えるのは、黒いローブを着た若い男――瘴気を操る力を持つ闇の魔導師だ。

詳しい事情はわからないが、マリスはこの男に捕《つか》まり取引材料にされている。森の小屋の前で見た小さな女の子と引き換えにするつもりなのだ。

あの子供は何者なのか、何故《なぜ》自分の父親と一緒にいたのか、マリスには何もわからない。

（もしや、お父様の隠し子？　もしそうだったら、生《は》え際《ぎわ》から頭頂部まで草むしりしてやる！）

マリスは固く心に誓った。


しばし無言で男についていく。足の下で落ち葉や木枝ががさがさ音を立てる。マリスは明るくなった空を見上げた後で、前を行く男の背中に視線を戻した。

昨夜、この男は何かの術を使ってその場にいない誰かに語りかけていた。その会話に割って入ったのは覚えているのだが、その後は記憶がない。おそらく薬か何かで眠らされたのだろう。

「ねえ、あなた名前は？」

マリスは男の背中に問いかけた。

「黙っていろと言っているだろう」

「いちいち『闇の魔導師』って呼ぶのが面倒なのよ。教えてくれないなら適当に呼ぶわよ。アンドレとフランソワ、どっちがいい？」

「……レイクだ」

男は振り返らずに答えた。

「レイクね。私はマリスよ。よろしくね」

マリスは少し足を早めて、レイクの隣に並ぼうとした。それに気づいたのか、レイクが困惑気味《こんわくぎみ》に振り向いた。

「おい。あまり近づくな」

「なんでよ。逃げるなって言ったくせに」

マリスはかまわずにレイクの隣を歩いた。なだらかな坂になっている道を下っていくと、木々の合間に光る水面が見えた。

それでマリスにも目的地がわかった。

「大沼に行くの？」

ジューゼ領の北東にある「大沼」と呼ばれる小さな湖だ。水鳥が多数生息していて、近くの村では特産である羽毛製品を作っている。

「……流れの滞った水辺は瘴気を発生させる負の気が集まりやすい。そういう場所で休めば闇の魔力が回復する」

「へー。そうなんだ」

「お前、少しは怖がったらどうなんだ？」

レイクが呆《あき》れたような目をマリスに向けてきた。

「貴族の令嬢って、もっとか弱いもんじゃねえのかよ」

マリスは言い返そうと口を開いた。だが、何か言う前に大沼の方から声が響いた。

「おのれっ！　よくもアンドリューを！」

わあわあと怒声や罵倒が聞こえてきて、マリスとレイクは目を丸くした。どうやら人が集まっているようだ。

「猟師達かしら？」

腕を縛られているため肩でぐいぐいレイクの背中を押して進み、大沼を見渡せる場所に出たマリスは辺りを見回した。

すると、少し離れたところに人だかりと――何故かベンチがある。


「……アルル？」


ベンチに座っている少女をみつけて、マリスは目を凝らした。

（なんでアルルがここに？　それに、あんなに真っ白な、まるで聖女様みたいな格好を……）

マリスは不思議に思いながらその光景を眺めた。

＊＊＊

空の彼方に消えていったアンドリューの身を案じる村人達。その中の一人が涙を流してアルムを睨《にら》みつけた。

「野郎！　よくもアンドリューを殺《や》りやがったな！」

「殺ってません」

アルムはむすっと答えた。人聞きの悪いことを言わないでほしい。ちょっと吹っ飛ばしただけだ。

「アンドリューの仇《かたき》は俺が討つ！」

「おお、ケヴィン！」

「『春の荷馬車引きレース』で六年連続チャンピオンの村一番の健脚ケヴィン!!」

村人達の声援を受けて歩み出たケヴィンは、見えない壁の前で目を閉じた。そのまぶたの裏に、懐かしい光景が映る。

『ケヴィン……私、遠いところに引っ越すの。けれど、私のことを忘れないで』

初恋の少女が最後に残した言葉。

「ヘレナの願い……『大沼の水草が青く繁ることになったら私を思い出してね』。彼女はそう言ったんだ。ヘレナ……俺達の思い出の場所を魔物などに穢《けが》れさせはしない！　見ていてくれ！」

ケヴィンは見えない壁を壊すために渾身の蹴《け》りを繰り出した。

「うぉぉぉっ‼　これが俺の全力キックだーっ‼」

「あーるぅっ」

殴りかかられたと思ったら今度は蹴りかかられて、鬼気迫る形相の大人の男に怯えたエルリーが涙目でアルムにしがみつく。

「だから暴力はやめてって言ってるでしょうがーっ‼」

庇護欲がＭＡＸで炎上中のアルムがぷんすこしながらケヴィンを吹っ飛ばした。

「「ああっ！　ケヴィーンッ‼」」

村人達の悲痛な悲鳴が響いた。

「なんということだ……アンドリューとケヴィンがやられてしまった……」

「くっ……もう打つ手はないのか」

打ちひしがれる村人達を見て、胸にある決意を秘めたリヴァーが見えない壁に向かって歩き出した。壁に当たってそれ以上進めなくなると、その場に立ってまっすぐにアルムを見据えた。

「闇の魔物よ。わしの命を捧げる。だから、この大沼から立ち去ってくれ！」

「リヴァー爺さん！　何を？」

リヴァーは懐からナイフを取り出しながら答えた。

「この老いぼれの命で済むなら安いものよ……皆！　後のことは頼んだぞ！」

自らの胸にナイフを突き立てようとしたリヴァーの脳裏に、温かな思い出がよぎる。

『お爺さん、今日も早起きなのね。あのね……私、この村を出ることになったの。お爺さん、ずっと元気でいてね。私のこと忘れないで』

一人暮らしのリヴァーのことを何かと気にかけて、いつも挨拶《あいさつ》をしてくれた隣の家の少女。

「あの子がわしに言ったんじゃ。『水鳥の雛が巣立つ頃になったら私のことを思い出してね』

と。……あの子の愛した大沼を守るんじゃ！　ヘレナ、達者でな！」

「ヘレナさん、誰にでも同じこと言ってません⁉」

アルムは思わず突っ込みを入れた。村人達は村のために命を落とそうとするリヴァーの姿に涙しているが、アルムは『ヘレナさん、誰にでも「忘れないで」って言ってる説』の方が気になった。

「闇の魔物め！　アンドリューとケヴィンを餌食《えじき》にするだけじゃ飽きたらず、リヴァー爺さんの命までっ……！」

「私が命を奪ったみたいな言い方やめてくれますか⁉」

前二人は襲いかかってきたから吹っ飛ばしただけだし、リヴァー爺さんに至っては自主的にナイフを取り出したのであってアルムは本当に何もしていない。

「おのれ！　おぞましい闇の魔物め……！」

「いや、だから……」

「俺達の平穏な生活を壊しやがって……！」

「……」

アルムの言い分に聞く耳も持たず言いたい放題の村人達の態度に、アルムの堪忍袋《かんにんぶくろ》の緒《お》が切れた。

「さっきからごちゃごちゃと……ひとの話を聞けってーのっ‼」

いっこうにこちらの話を聞かない村人達に苛立ったアルムは、魔力を使って大沼の水を一滴残らず持ち上げた。

「「「なっ……」」」

村人達は驚愕《きょうがく》した。リヴァーも唖然としてナイフを取り落とした。

大沼は小さいとはいえ湖だ。その大量の湖水が宙に浮き上がり、湖底の地面が剥《む》き出しになっている。

「ちょっと頭を冷やしてくださいっ！」

アルムがそう言うと、村人達の体がふわりと浮き上がった。

戸惑う村人達は叫ぶ間もなく、大量の水に飲み込まれた。

空中に浮かんだ大量の水は中心に渦《うず》を作って村人達を押し流した。

なすすべなく渦巻く水流に巻き込まれてぐるぐると回転させられた村人達は、溺れる寸前で引き上げられ、水は回転をやめて地面に戻り、再び静かな湖面となったのだった。

この時、水流に巻き込まれた村人の一人が、後年『回転式洗濯桶』なるものを発明するのだが、それはまた別の話である。

＊＊＊

北東の空に大量の水が浮いていると報告を受けた瞬間、ヨハネスは拳を握って「よっしゃあ！」と叫んだ。

「アルムだ！　行くぞ！」

奇跡が起こる場所にはアルムがいる。ヨハネスはそう信じ込んでいた。

一目散に向かおうとするヨハネスを、オスカーが慌てて引き留める。

「お待ちください。闇の魔導師の仕業《しわざ》かもしれません！」

「もしもそうだったら捕まえればいい！　聖女には及ばなくとも、俺も光魔法の使い手だ。闇の魔導師ごときに遅れはとらない！」

普段はキサラ達に歯が立たないヨハネスではあるが、聖女を除けば王国で一、二を争う光魔法の使い手であると自負している。であればこそ、大神殿内でももっとも聖女に近い場所で働くことを許されているのだ。

ヨハネスはオスカーを振りほどこうとしたが、それをガードナーにたしなめられた。

「光魔法の使い手だからこそ、闇の魔導師の恐ろしさをよく知っているはずだろう。マリスを人質に取られていることを忘れるな」

「む……」

筋肉にかかわること以外では至極まともなことを言う異母兄に、ヨハネスは顔をしかめたものの言い返すことができなかった。

「……わかった。護衛も連れて慎重に近づこう。もしも闇の魔力の気配を感じたら、その時はマリス嬢救出を最優先に動く」

「では、俺は伯爵が目覚めるのを待って話を聞こう。その後で追いかける。オスカー殿はどうする？」

尋ねられたオスカーは一瞬迷う様子を見せたが、ヨハネスについて行くと答えた。

「魔力を持たない私では、役に立たないでしょうが……」

「そんなことはない。ここはキラノード小神殿の守護下にあるのだから、神官長のお前が責任持ってマリス嬢の無事と闇の魔導師の捕縛を見届けるべきだ」

ヨハネスはうつむくオスカーにそう声をかけた。

金で位を買った無能な神官はすべてクビにしたいと考えていたヨハネスだったが、オスカーは領民を守るために自ら大神殿まで足を運んだ。親が金で位を買ったとしても、神官の自覚を持って務めを果たそうとしている者もいると知り、考えを改めていた。

「行くぞ。キラノード神官長」

オスカーと数人の護衛を連れ、ヨハネスは北東の方角へ馬を走らせた。

＊＊＊

応接間の外で王子達の会話を盗み聞いた伯爵夫人は、居ても立ってもいられず夫の寝室に向かった。

夫人は昨夜から不安な気持ちを抑えられず、一睡もできずに朝を迎えていた。

突然、気を失った夫が運ばれてきたと思ったら、娘が闇の魔導師にさらわれたという報《しら》せ。何故、そんなことになったのか、ちっともわからない。

ジューゼ伯爵と森の小屋にいた女の子の関係を尋ねられたが、夫人には心当たりがなかった。夫が三、四歳くらいの女の子を森の小屋に隠していたなど、にわかには信じられない。夫は善良で優しい人間だ。

「そんな小さな子供なんて……」

夫人はふっと浮かんできた考えを、頭を振って振り払った。

「まさか。レーネの……いいえ。そんな」

とにかく、夫から話を聞きたい。目覚めているかわからないがと思いながら寝室に向かった夫人が目にしたのは、つい今し方抜け出したばかりと思しき空の寝台だった。

＊＊＊

「数々のご無礼をお許しください。魔物様」

「命ばかりはお助けを……」

ずぶ濡《ぬ》れの村人達が横並びになって平伏する。

彼らは全身がずぶ濡れなのと魔物への恐怖心とでぶるぶる震えていた。

彼らに魔物と恐れられているアルムは、ベンチに座ってむすっと頬《ほお》をふくらませていた。

攻撃してこなくなったのはいいが、村人達はまだ何か勘違いをしている。

「命を助けていただければ魔物様に忠誠を誓います！」

「なんなりとお命じください！」

己《おのれ》の保身のためなら魔物にも魂を売る。そんな人間の愚《おろ》かしさを垣間見せる村人達にかしずかれても困る。アルムは膝に乗せたエルリーの頭を撫でながら、平伏する村人達を流し見た。

「あー……命令とかじゃなく、ちょっと聞きたいことが。ジューゼ伯爵家の場所を教えてほしいんですけど……」

「なんですと⁉」

村人達が青ざめて悲鳴をあげた。

「領主様の館を襲うつもりで⁉」

「それだけは勘弁してください！」

「いや、違……」

魔物が領主を狙っていると解釈されてしまい、アルムは頭を抱えた。

「そうだ！　我が村の特産品を献上いたします！」

「おお！　それがいい！」

供物を捧げる方向に盛り上がり出した村人達の騒ぎに、エルリーがびくっとする。

ここで野菜だの果物《くだもの》だのを積み上げられては、本当に邪悪《じゃあく》な魔物が奉られている光景ができあがってしまう。アルムは村人達を止めようと口を開いた。

「あの、私は何ももらうつもりは……」

「我が村の一番の売れ筋商品！　大沼の水鳥の羽根を使用した最高級羽毛枕《まくら》です！」

言いかけた言葉を遮《さえぎ》った村人の台詞に、アルムはぴたりと止まった。


「枕……」


アルムの脳裏に、伯爵の館で味わったやわらかい感触が蘇る。

枕とは、快適な睡眠を得るために人類が持てる英知を結集して生み出した宝。

それは夜の間、暗闇《くらやみ》の中で人の頭を守る優しい盾である。

眠りという、もっとも無防備な時間に健気《けなげ》に頭部を守り続けてくれるもの、それこそが――枕。


「ど、どうでしょう、魔物様……」

「や、やはり供物は財宝とかでなければ……それともまさか、生け贄を寄越せと……？」

村人達がおそるおそるお伺いを立ててくる。

アルムは神妙な顔つきで目を閉じた。村人達はアルムを魔物と勘違いしている。そんな誤解はさっさと解いて、伯爵家の場所を教えてもらうべきだ。

目を開けたアルムは、きりっとした顔つきで言った。

「枕は二つください」

「もちろんです！　十個でも二十個でも！」

アルムもまた、欲望に流される愚かな人間の一人にすぎなかった。


こうして闇の主従契約が結ばれ、村人達はほっと胸を撫で下ろした。

その時だった。

風を切って飛んできた黒い矢が、アルムの結界に突き刺さって消滅した。

「なに？」

矢が飛んできた方向に目をやったアルムが見たのは、瘴気で作られた檻《おり》に囚《とら》われるマリスの姿だった。

「マリス？」

マリスは大きく口を開けて何か言っているのだが、声は聞こえない。檻の外には声が届かないようだ。

『何故……聖女がここにいる？』

檻の上にとまっている黒い鳥が喋った。いや、鳥ではない。あれも瘴気で作られている。

「使い魔なんて初めて見た……」

アルムは思わず呟いた。

「ふぇ……あーるぅ……」

膝の上のエルリーが怖がってアルムの腹に顔を埋《うず》めてしまった。その背中をぽんぽんしながら、アルムは辺りの気配を探った。

使い魔がいるということは、近くに闇の魔導師がいる。

『その子供を置いて去れ』

鳥が低い声で命令してきた。


（子供？　エルリーを狙っているの？）


アルムはエルリーを抱え直すと使い魔と睨み合《あ》った。

『その子供を渡せば、こいつは無事に返してやる』

使い魔はマリスを捕らえた檻の上で得意げに羽を広げる。マリスには怯えている様子はなく、使い魔に向かって怒っているようだ。

「なんだ？　仲間割れか？」

「縄張り争いかもしれない。どちらが勝っても大沼は闇の魔物の巣窟になってしまう……」

「いや、あの檻に囚われた生け贄の少女を奪い合っているのかも……」

村人達は口々に言いながら、巻き込まれないように逃げていく。どうも何か勘違いしているようだが、この場から離れてくれるのはありがたいのでアルムは何も言わなかった。

「エルリーをどうするつもり？」

『……わかっているだろう。その子供は普通の人間とは一緒にいられない』

声がわずかに苦みを帯びた。

アルムは何か言おうとして、エルリーを見て口を閉じた。エルリーの全身を覆《おお》う護符。護符で抑えつけなければ触れられないほど、エルリーの発する闇の魔力が強いという証拠だ。

アルムのように光の魔力のある人間でなければ、触れているだけで闇の魔力の影響を受けてしまうだろう。

『闇の魔力の使い方を教えてやらなければならない。伯爵もそう考えたから俺を呼んだんだ』

「伯爵が？」

小屋の前でジューゼ伯爵が男にエルリーを手渡していた光景がアルムの脳裏をよぎった。

とすると、この声の主《あるじ》はあのローブの男だろう。どこに隠れているのか、姿は見えない。

『わかったら、おとなしく子供を渡し――』

「とりあえず、マリスを放してね。はっ！」

アルムは手のひらをかざして光を放った。マリスを捕らえる闇の檻が一瞬で跡形もなく浄化される。ついでに檻にとまっていた使い魔も消し飛んだ。

「……は？」

「アルル！」

どこかから呆然《ぼうぜん》とした男の声が聞こえ、自由になったマリスがアルムの元へ駆け寄ってきた。

「マリス、大丈夫だった？」

「ええ！　レイクっていう闇の魔導師に捕まっていたの。……いったい何が起きているの？」

アルムはマリスのために一度結界を解いてやった。ベンチの傍《かたわ》らに立ったマリスは後ろ手に縛られていたので、光の刃で縄を切ってやる。

自由になった手を見て、マリスは呆然とした後でアルムに尋ねてきた。

「アルルは、光の魔力が使えるの？」

「ええ、まあ……」

「それに、その格好……」

アルムがまとう真っ白な衣を見て、マリスが何か言いたげな表情を浮かべる。村人とは違い日頃からドレスを着慣れているマリスの目には、その白い服の生地が上流階級や下級貴族が身につけられるものではないことがわかったのだ。

「アルル、あなたは……」

マリスは思わずアルムに向かって手を伸ばした。

＊＊＊

朝目を覚ました直後からずっと大勢の人間から敵意を向けられてきて、エルリーは怯えきっていた。

エルリーは一度にたくさんの人間を見たことも、怒鳴られたことも殴りかかられたことも蹴りかかられたこともない。全部が初めての経験で恐ろしくてたまらなかった。

昨日出会ったばかりの少女がそれらをことごとく退けてくれたものの、小屋の外はこんなに怖いことばかり起こるのかと不安は増すばかり。

今はアルムがいるからいいけれど、アルムがいなくなってしまったら。そうしたら、この怖い外の世界に取り残されてしまうのではないか。

エルリーはいつも小屋の中に独《ひと》りで取り残されてきた。

小屋の中では何も起こらないから耐えられた。こんな広い世界で、怖いことばかり起こる場所で取り残されたら、独りでは耐えられない。

恐怖に苛《さいな》まれ、紫の花を握りしめてアルムにすがっていたエルリーだったが、アルムはあっさりと結界を解いてマリスを招き入れてしまった。

エルリーにとっては、マリスも村人達と同じ、外の世界の怖いものの一つだった。

その怖いものが手を伸ばしてくるのを目にした時、恐怖の感情がエルリーを支配した。

無意識のうちに、エルリーは小屋に帰ろうとした。怖いことの起きない、すっかり慣れてしまった孤独な場所へ。

＊＊＊

マリスが伸ばした手が届くより先に、アルムの膝の上に乗っていたエルリーがぱっと飛び降りて大沼に背を向けて走り出した。

「あっ。エルリー？」

アルムは目を丸くした。ずっと自分にしがみついていたのにと思いながら目で追う。

そのアルムの視線の先で、懸命に走っていたエルリーがこてんと転んだ。

何かにつまずいたのかと思ったが、エルリーはそのまま起き上がらなかった。

（どうしたんだろう？）

不思議に思ってベンチから立ち上がろうとしたアルムの横で、マリスがぐにゃりと地面に倒れ込んだ。

「マリス？　……っ」

不意に急激な眠気に襲われて、体から力が抜けそうになった。

アルムはとっさに結界を張り直した。


草を踏む足音が聞こえて、木の陰からローブの男――レイクが姿を現した。その手に小さな壷のようなものを持っている。

「手間をかけさせるなよ。まったく」

壷に蓋をして腰に下げた袋に放《ほう》り込んだレイクは、舌打ちを漏らしながらエルリーに歩み寄ってその体を担《かつ》ぎ上げた。エルリーの手から、ずっと握っていた紫の花がこぼれ落ちる。

「エ、ルリー……」

アルムは眠気をこらえて目を開けた。おそらく、あの壷から人を眠らせる香りのようなものが漂っていたのだろう。結界を張ったものの、吸い込んでしまった分の効果は消せない。

それでも、このままエルリーを連れていかせるわけにはいかない。

アルムはレイクの周りの地面から木を生やした。

眠気で頭がはっきりしない今、レイクの手からエルリーを奪い取るような細かい操作はできない。

だが、レイクを木で閉じ込めて足止めするぐらいはできる。

しかし、レイクに向かって伸びる木を、飛び出してきた何者かが叩き斬った。

「えっ……」

アルムはぽかんと口を開けた。

斧を手にして肩で荒い息を吐いているのはジューゼ伯爵だった。

「なんで……」


「こうするしかないんだ。私達ではもう、この子を抑えておけない……」


ジューゼ伯爵は苦しげに呟いた。

少し離れたところにアルムが村人から取り上げた武器が散らばっている。伯爵はそこから斧を拾い上げたらしかった。

「この子は、ここにいてはいけない存在だ」

「……っ、そんなことないっ！」

伯爵の言葉に、アルムは思わず反論した。アルムの脳裏に、紫の花を大事そうに握るエルリーの姿が浮かんだ。

闇の魔力があったとしても、エルリーは花を見て綺麗だと感じる心を持っている、普通の女の子だ。

アルムはそう訴えたかったが、伯爵はこちらを見向きもしなかった。

「闇の魔力を持つ仲間と生きた方が、幸せなはずだ。レーネもきっとそう望んでいる」

ひどく疲れた顔をした伯爵は、エルリーを抱えたレイクに「行け」と促《うなが》した。レイクはきびすを返し大沼に背を向ける。

（止めなきゃ……）

事情はさっぱりわからないが、伯爵がエルリーの存在を闇に葬《ほうむ》ろうとしていることは確かだ。そんなことを許してはいけないと思ったアルムはレイクを止めようと木を伸ばすが、伯爵に片端から斬られてしまう。

（くっ……視界がぼやけて、狙いが定まらない）

うまく集中できなくて、アルムは唇を噛《か》んだ。

それでも、強烈な眠気は徐々に薄らいできた。吸い込んだ量が少なかったからか、そもそも短時間しか効果がないのか、ぼやけていた視界が明瞭さを取り戻し、遠ざかるレイクの背中に焦点が合った。

（逃がさない！）

木々の間に消えようとするレイクを今度こそ捕らえてみせると、アルムがベンチから立ち上がったその時、何者かがレイクの前に立ちはだかった。

「逃がさないぞ。闇の魔導師」

レイクを見据えたヨハネスが、手にした水晶に力を込めながら言った。

第六章
闇《やみ》の誘い

逃げるレイクの前に立ちはだかったのは、大神殿の優秀な神官にして第七王子、ヨハネス・シャステルその人だった。

ヨハネスの背後には数人の兵士と聖騎士がいて、抜き身の剣先をレイクに向けている。

その光景を目にしたアルムは、つかの間愕然《がくぜん》とした後に思いっきり魔力を放出した。


「なんでここにいるーっ!?」


アルムの絶叫と共に地面が揺れた。

無数の芽が出て花が咲《さ》いたかと思うと下に向かって蔓《つる》が伸びていき、次の瞬間には地面からぽこぽこと落花生《らっかせい》が飛び出してヨハネスめがけてぶつかっていった。

「ちょっ、痛っ、待っ……なんで落花生!?」

縦横無尽《じゅうおうむじん》に飛び交《か》いぶつかってくる落花生に、ヨハネスは顔を腕で庇《かば》いながら叫《さけ》んだ。

いやが応にも、大神殿で聖女達に落花生や大豆といった豆類をぶつけられたことを思い出す。退魔の儀式には参加していなかったアルムまで、何故《なぜ》ヨハネスを落花生で攻撃してくるのだ。聖女の間で豆類が流行《はや》っているのか？

自分が知らないだけで落花生がブームなのかなどと馬鹿《ばか》なことを考えるヨハネスだが、もちろん落花生が巷《ちまた》で大流行しているわけではない。

『そこそこ硬くて小さくてぶつけてもそれほど深刻なダメージは与えず、後で拾って食べることもできるので無駄《むだ》にならない殻《から》付きの果実』を無意識に選んだ結果が落花生だっただけだ。

「いたた、やめろっ、落花生やめろ！　いったん落花生ストップ！　ノーモア落花生！」

ヨハネスが叫《さけ》ぶが、天敵を前にして混乱したアルムの耳には届いていない。

（なんでヨハネス殿下がここに……会いたくないわ、どっか行って！）

「おい！　埋まる！　このままだと落花生の山に埋まる！」

ヨハネスの足元にこんもりと積もる落花生。

レイクは目の前に現れた神官が落花生に襲われているのを眺めて呆然《ぼうぜん》としていた。何が起きているのかわからない。

そのレイクを、オスカーが横から体当たりして地面に倒した。

「捕《つか》まえた！」

そのまま動けないように押さえつける。

「しまった……！　くっ、大量の落花生は俺《おれ》を油断させるためだったのか！」

アルムにはまったくそんなつもりはないのだが、レイクは悔《くや》しげに呻《うめ》いた。

「闇の魔導師め。子供を放せ！」

オスカーがレイクの手からエルリーを奪い取ったのを見て、ジューゼ伯爵が顔色を変えた。

「やめろっ！　その子に触るなっ！」

「くっ……落花生が膝下《ひざもと》まで！」

「伯爵？　あなたは何故、この子を闇の魔導師などにっ……」

「ウニられるのは覚悟していたが、落花生対策はしてこなかった……俺もまだ未熟だな」

「仕方がないのだ……シグルドも死んでしまった。私にはもう、どうすればいいかわからなかったのだ……」

「どうすれば落花生を止められるんだ……？」

オスカーの前で、ジューゼ伯爵が地面に膝《ひざ》をついた。ヨハネスは膝の高さまでが落花生で埋まり立ち尽くした。

「う……ううん？」

アルムの横で眠っていたマリスが騒がしさに目を覚ました。

「……どういう状況？」

マリスの呟《つぶや》きに答えてくれる者は誰《だれ》もいなかった。

＊＊＊

「ねえ、アルル」

「あ、マリス。目が覚めたのね」

声をかけられて我に返ったアルムは、自分が無意識に落花生を生み出していたことに気づいて照れ笑いを浮かべた。

「いっけない。ついうっかり」

地面からぽこぽこ飛び出ていた落花生を止めて、アルムは心を落ち着かせた。

（落ち着け落ち着け。私はもう聖女じゃないんだから、ヨハネス殿下がどこで何をしていようが関係ない）

自分にそう言い聞かせ、アルムは改めて周りを見た。

膝上まで落花生に埋まったヨハネスと、レイクを押さえながらもう片方の手でエルリーを抱えているオスカー。地面に膝をつき打ちひしがれているジューゼ伯爵。

「いったい、何があったの……？」

「ていうか、アルルは何者なの？」

マリスに尋ねられて、アルムはぽりぽり頭を掻《か》いた。

（光魔法を使うところも見られたし、これ以上はマリスに隠す必要もないか）

アルムは背筋を伸ばしてマリスと向き合った。視界の端ではヨハネスの周りに集まってきた聖騎士達が落花生を拾い集めている。

「私の本当の名前はアルム・ダンリーク。ダンリーク男爵の異母妹なの」

「アルムって……確か、王都を救ったっていう『聖女アルム』？」

マリスは呆然と呟いた。

「その通り！　アルムは聖女でっ……」

会話に口を挟もうとしたヨハネスの額に、地面からぽこっと飛び出た落花生がぶつかった。

「聖女はもう辞めたので、『元』聖女だよ」

アルムはにこっと笑って言った。

それとほぼ同時だった。

ぶわっ、と、嫌な気配が膨れ上がり、明るい日差しが遮《さえぎ》られて暗くなった。

アルム達を覆《おお》うような形で、大量の瘴気《しょうき》が発生していた。

アルムははっとしてエルリーを見た。オスカーに抱えられたエルリーはいつの間にか目を覚ましており、目をいっぱいに見開き、じっと自分の両手をみつめてぶるぶると震えていた。


「エルリー……っ」

「ふっ……うえぇぇぇぇんっ‼」


大声で泣き出したエルリーの体が、オスカーの手から離れて宙に浮かんだ。

そのエルリーの元に、瘴気が集まってくる。

瘴気はエルリーを取り囲み、包み込まれたエルリーは上へ上へと浮き上がっていく。

「エルリー！　降りておいで！」

アルムが声をかけるが、聞こえていないのかエルリーは下を見ることもなく膝を抱いて丸くなったまま上昇していった。

瘴気はどんどん集まってきて、とうとうエルリーの姿がすっかりくるまれて見えなくなってしまった。黒い瘴気がエルリーを包んで球体状になっている。何かに似ている。

「アルムのウニに似ている……まさか、アルム以外にウニることのできる人間が存在するとは」

ヨハネスがぽつりと呟いた。

「あの子は何者なの？　お父様、説明して！」

マリスが伯爵に駆け寄って生え際《はえぎわ》の毛をむんずと摑《つか》んだ。

「いたたた！　こら、マリス、放しなさい！」

「説明しなきゃこのまま草むしりするわよ！」

マリスの脅迫に、伯爵は空に浮かぶ黒い塊《かたまり》を見上げて力なく呟いた。

「あの子は、エルリー。私の姪だ。……我が妹レーネと、キラノード小神殿の前神官長シグルド・ニムスの間に生まれた子供だ」

「叔母様《おばさま》の子供……？」

マリスが怪訝《けげん》な顔で眉根《まゆね》を寄せた。

「叔母様は出産で命を落として、子供も助からなかったって聞いていたのに……」

「ああ。レーネは死んだ。だが、子供は生きていた。闇に呪われながら生まれた子がな……」

悲壮な覚悟を固めたような表情で、ジューゼ伯爵は語りはじめた。

＊＊＊

「キラノード小神殿の若き神官シグルド・ニムスと私の妹レーネが恋に落ちて結婚し、子を身ごもったところまでは、皆が幸せだった」

ジューゼ伯爵の声はさほど大きくなかったが、アルム達の耳にも届いた。

「誰もが子供の誕生を心待ちにしていた。マリス、お前も楽しみにしていただろう？」

「……うん。でも、叔母様の具合がよくないからって、途中から全然会えなくなって……結局、亡くなるまで会えなかった」

当時のことを思い出したのか、マリスがうつむいて目を伏せた。

「そう。具合が悪いということにして、皆から遠ざけなければならなかった。臨月が近づくにつれて、レーネの周囲に瘴気が発生するようになったんだ」

伯爵は目を閉じて言った。

「腹の中の子供が瘴気を引き寄せている……闇の魔力を持っていると気づいたシグルドと私は、そのことを誰にも知られないようにした」

「馬鹿な……貴族の血を継ぐ娘が闇の魔力を持つなど……」

オスカーが信じられないといった声を出した。無理もない。


そもそも闇の魔力の持ち主が生まれること自体が滅多にない上に、高位貴族の家に生まれたなんて話は聞いたことがない。高貴な血筋からは闇の者は生まれない、と信じている人間も少なくないのだ。

それは、この国の貴族には多かれ少なかれ、光の魔力を持っていた初代国王と始まりの聖女の血が流れているからだとされている。

しかし、第六王子が闇の魔力を持っていたことを考えると、高貴な血筋であろうと闇の魔力の持ち主が生まれることはあり得るのだ。

ただ、王弟の引き起こした瘴気騒動に第六王子が関与していたことは公になっているが、彼が闇の魔力を持っていた事実は伏せられている。王族から闇の魔導師が生まれたことを知られれば、民衆は動揺し王家の求心力が下がる恐れがあると、宰相が中心となって隠蔽《いんぺい》が行われたのだ。

「私達も信じたくなかった。だが、いくら祓《はら》っても次々に現れる瘴気に、憔悴《しょうすい》したレーネは子供を産んで力尽きてしまった。そして、闇の魔力を持つ子供が残された」

伯爵が深く息を吐いた。

話を聞いたアルムはどんどん大きくなっていく黒い塊を見上げながら憤《いきどお》った。

「それで、あんな森の小屋で隠して育てていたんですね。護符で闇の魔力を抑えつけて」

マリスにもエルリーの存在を知らせていなかったのだ。伯爵とニムス前神官長はエルリーが生まれなかったことにして隠して育てることにしたのだろう。

「それ以外に方法がなかったのだ。エルリーの周りには頻繁に瘴気が発生したし、護符がなければ触れることもできない」

うつむいて肩を落とし、伯爵がそう呟いた。

「確かに、闇の魔力は瘴気を引き寄せる。本人の意思で魔力をコントロールしない限り、周りで瘴気が発生し続けるだろうな」

落花生の山から足を引き抜きながら、ヨハネスは頷《うなず》いた。

「そうだ。成長するごとにエルリーの魔力は強力になっていき、護符がたくさん必要になった。神官長だったシグルドだからこそ大量の護符を手に入れることができたが、彼が亡くなって護符が手に入らなくなり……」

「困り果てて闇の魔導師を探し出したってわけだ」

ジューゼ伯爵の台詞《せりふ》をレイクが締めくくった。

それで、前神官長亡き後に瘴気の発生が増えたのだ。真相が判明して、力が抜けたのかオスカーが一瞬ふらりとよろめいた。

アルムはむすっと口を尖《とが》らせた。

事情はわかるが、エルリーの気持ちを考えると納得できない。

（エルリーが悪いわけじゃないのに……）

不安げにアルムにくっついていたエルリーの姿を思い出す。本当なら皆から愛されて可愛《かわい》がられるべきなのに、闇の魔力を持っていたせいでずっとひとりぼっちだったのだ。

「私ならエルリーに触っても平気だし、どれだけ瘴気が発生しても浄化できます！　エルリーは私が連れて帰って、自由な暮らしを与えます！」

アルムはそう決意して言い放った。それが最善だと思ったのだ。

だが、アルムの言葉を聞いたジューゼ伯爵は嘲《あざけ》るように吐き捨てた。

「それでは護符で抑えつけて閉じ込めるのと大して変わらないではないか」

「え……？」

予想外の返しに、アルムは戸惑った。

アルムがそばにいれば、エルリーは自由に暮らせるはずだ。アルムなら闇の魔力の影響を受けないし、エルリーが瘴気を引き寄せてもすぐに浄化できる。

エルリーだって森の小屋に閉じ込められるより、アルムと一緒に行きたいと思うはずだ。護符で抑えつけて閉じ込めるのとは全然違う。

それなのに、ジューゼ伯爵は何を言っているのだろうと混乱するアルムに、膝下にくっつく落生の殻の滓《かす》を払いながらヨハネスが言った。

「アルム。お前と一緒にいないと……誰かに従っていないと生きられないのでは、自由とは呼べないと思うぞ」

アルムははっと息をのんだ。その言葉に反論できないことに愕然とする。

「聖女だか元聖女だか知らないが、我々の苦労も知らずに思い上がるな！」

ジューゼ伯爵の苛立った声が響いた。

＊＊＊

空に浮かんだ黒い塊はどんどん巨大化していく。そろそろ領民達が異変に気づいて騒ぎ出している頃だろう。そう考えたヨハネスがおそるおそるアルムに近づいて言った。

「アルム。瘴気が大量に集まりすぎている。とりあえず、あの塊を浄化してくれ」

「え……あ……」

天敵のヨハネスが近づいてきたというのに、アルムの反応は鈍《にぶ》かった。目をぱちぱちと瞬《また》いて戸惑う様子を見せるアルムに、ヨハネスが首を傾《かし》げる。

「アルム？」

「あ、えっと、はい！　浄化します！」

気を取り直したように空に手をかざしたアルムは、塊に引き寄せられてきた瘴気に向けて光を放った。空を覆っていた瘴気があっさりと浄化される。

（次は、あの塊を浄化してエルリーを助け出す……）

アルムはエルリーを覆う塊に手のひらを向けた。だが、その手から浄化の光が放たれる前に、レイクが声を張り上げた。

「いくら浄化しても、あの子の闇の魔力がなくなるわけじゃないぞ！　お前達は瘴気が消えさえすればいいんだろうが、あの子は魔力の使い方を身につけない限り自由になれない！」

アルムはびくっと震えて動きを止めた。

（そうだ。私が浄化しただけじゃあ、エルリーは私がいないと駄目《だめ》ってことになっちゃう……そうじゃなくて、エルリーが自分で魔力を使いこなせるようにならないと……）

ジューゼ伯爵が何故エルリーを闇の魔導師に引き渡そうとしていたのか、理由がわかった。

闇の魔導師。それは闇の魔力で瘴気を操《あやつ》り、時に人に害をなす者達のことだ。

そんな彼らに子供を引き渡せば、強い魔力を利用されるかもしれないとは伯爵も考えたはずだ。

だが、それ以外に方法がないと思ったのだろう。エルリーを、護符に囲まれた小屋ではなく、外の世界で生きられるようにする方法が。

伯爵がそう考えたのも無理はない。闇の魔導師なら、エルリーに魔力の使い方を教えることができるはずなのだから。

（私は光の魔力を持っているからエルリーのことが怖くなかったけれど、普通の人にとってはエルリーのそばにいるだけで危険で、怖いって感じるんだ……）

エルリーを自由にしたくても、それがとても難しいことだとアルムにもわかった。

「王宮の偉い人達がどうにかできないの？　魔力に詳しい人とかいるでしょ？」

レイクの台詞を聞いたマリスがおずおずと尋ねるのが聞こえた。

「この国では闇の魔力を持つ者はずっと迫害されてきた。特に貴族は光の聖女信仰が強く、闇を穢《けが》れと嫌っている。……王族であっても、迫害を恐れて隠すぐらいだからな」

ヨハネスはそばにいるアルムにしか聞き取れない小さな声でぽつりと付け足した。それを聞いて、アルムの脳裏に闇の魔力を隠し持っていた王子の顔がよぎった。

「エルリーを連れ帰っても、受け入れられるのは難しいだろう。魔力の大きさを恐れられ、今より厳重に閉じ込められるだけだ」

ヨハネスはふっと短い溜《た》め息《いき》を吐《つ》いた。

重たい沈黙がしばし辺りを支配する。

とにかくまずは瘴気を浄化しなくては、と気を取り直したアルムが空に向けて光を放った。

エルリーを包んでいた瘴気がすべて消し飛ぶ――はずだった。

「あれ？」

黒い塊の大部分は消し飛んだが、エルリーを膜のように包むわずかな瘴気は残った。

アルムは呆然として目を瞬いた。

「馬鹿なっ……アルムが浄化しきれないだなんて！」

ヨハネスが喫驚《きっきょう》する。

「どうしたアルム⁉　お前の力はこんなもんじゃないだろう！　大神殿から出て力が弱まったのか⁉　やっぱりお前は大神殿で俺のそばにいるべき――」

「うるさい！　ちょっと黙っててください！」

どさくさにまぎれて勝手なことをほざき出したヨハネスにぽこぽこぽこっと落花生をぶつけて、アルムは耳をふさいだ。

力が弱まっているわけではない。むしろ、大神殿を出て以来絶好調だ。

それなのにエルリーを包む瘴気が残ってしまったのは、アルムに迷いがあったからだ。

ここで完全に浄化してしまったら、エルリーをどうするか決めなければならなくなる。

（エルリーの今後はどうなるんだろう……）

今のエルリーは廃公園で結界を張って過ごしていた時のアルムと同じではないか。

どこにも行く場所がなくて、でも閉じ込められていた場所に戻るのも嫌で、誰かに傷つけられないように自分の力で作った結界に閉じこもっている。

もしもあの時の自分が、全然知らない誰かに結界を吹き飛ばされて引きずり出されていたら、きっと恐怖で我を忘れて力を暴走させてしまっていただろうとアルムは思う。

（私の場合は、お兄様が来てくれた。私にも居場所があると安心させてくれた）

力ずくで結界を壊すのではなく、「出てきても大丈夫」と安心させてやらなければいけないのではないか。

そう考えたアルムは、エルリーが安心して過ごせる居場所を想像した。

（闇の魔力が暴走する可能性を考えると、やっぱり神殿か強い光の魔力を持つ人間のそばじゃないと……）

「……あの、ヨハネス殿下」

アルムが振り向いた拍子に地面からぽこっと飛び出した落花生がヨハネスの額に当たった。

「あ、すいません。つい、うっかり」

「気にするな！　それよりなんだ？　俺に話があるのか⁉」

アルムから話しかけられた喜びで興奮したヨハネスは勢い込んで尋ねた。アルムに話しかけてもらえるなら落花生も大歓迎だ。豆類なんか怖くない。大豆も小豆もどんとこい。

「エルリーを、大神殿で預かることってできますか？」

アルムがそう質問すると、レイクが小馬鹿《こばか》にする口調で声を張り上げた。

「やっぱり閉じ込めるつもりじゃねえか。大神殿で一生飼い殺しにされるよりは俺達に預けた方がマシと考えた伯爵の方が、神官や聖女より人道的だなあ」

アルムはレイクの声は無視してヨハネスの答えを待った。彼は少しの思案の後に口を開いた。

「それは可能だが、その子供を聖女に近づけることはおそらく無理だ」

ヨハネスの言葉に、アルムは目を見開いた。

アルムはこう考えたのだ。エルリーが自分の魔力をコントロールできるようになるまで、大神殿で預かってもらおう。キサラ達に頼んで魔力の使い方を教えてもらうのだ。もちろん、アルムも協力する。

光と闇の違いはあれど、魔力を制御する方法はさほど変わらないはずだ。第六王子という前例もある。エルリーが成長して魔力を制御できるようになれば、大神殿を出て自由に生きることもできる。

しかし、ヨハネスは首を横に振った。

「聖女は大神殿の中で守られる存在だ。俺達神官は聖女を守る盾となるのが役目。闇の魔力の持ち主を聖女に近づけるわけにはいかない」

「でも……」

「もしも何かあった時に、誰も責任をとれないだろう？」

アルムの頼みならなんでも頷いてやって好感度を上げたいところだが、ヨハネスは立場上こう言うしかなかった。

「責任なら、私が……」

「アルム。何かがあった場合、責任をとるのはまだ十五歳のお前ではなく、お前を庇護するダンリーク男爵だぞ」

ヨハネスの指摘に、アルムは口をつぐんだ。

「ニムス侯爵家もジューゼ伯爵家もあの子供の存在を認めていないんだ。得体の知れない孤児を聖女と共に寝起きさせることはできない」

ヨハネスがちらりとジューゼ伯爵に視線を送ると、彼は黙って目をそらした。

「お父様！」

「あの子にジューゼを名乗らせるわけにはいかん……闇の魔力を持つ子を産んだ血筋だと知られたら、ジューゼ伯爵家は終わりだ」

「そんな……」

エルリーの存在が明るみに出れば、ジューゼ伯爵家とニムス侯爵家の血縁者は周りから『闇の魔力の持ち主を生んだ血筋』という目で見られることになる。マリスの結婚にも支障が生じるだろう。だからこそ、ジューゼ伯爵はどうあってもエルリーの存在を隠さなければならなかったのだ。


ジューゼ伯爵の言い分を聞いて、アルムは唇を噛《か》んでうつむいた。

ジューゼ家もニムス家もエルリーを受け入れない。エルリーはエルリー・ジューゼにもエルリー・ニムスにもなれないのだ。エルリーの居場所が、ない。

（お兄様にお願いして、ダンリーク家でエルリーを育てる？　でも、それも結局「責任がとれるのか？」という話になっちゃう……お兄様にこれ以上、苦労と迷惑をかけるのは……）

アルムはエルリーの魔力を抑えたり発生した瘴気を浄化することはできるが、魔力の使い方を教えるのは上手《うま》くやれる自信がない。アルムには魔力の使い方を指導した経験も指導された経験もないのだ。

普通は新人のうちに先輩聖女から魔力の使い方を学ぶものなのだが、アルムの場合は最初から感覚的に魔力を使えていたので、魔力が必要な場面で特に困ることがなかった。そのせいで学ぶ機会を逸《いっ》していたのだ。

アルムのやり方――手をかざして念じたら割となんでもできる――では駄目だろう。どうしても、キサラ達に頼らなくてはならない。

「エルリーを大神殿で養育するためには、後見人が必要だ。しっかりとした立場の、大人の後見人が」

ヨハネスが厳しい口調でそう告げた。

その時、うつむいたアルムの耳に、ヨハネスとは別の声が届いた。

『……エ……ル……リー……』

次の瞬間、嫌な気配が膨れ上がって、アルムは慌てて空を見上げた。

エルリーを包む瘴気が再び大きくなりつつある。そして、その瘴気はゆらりと形を変えて、女性のような姿になってエルリーを胸に抱き込んだ。

「……レーネ？」

呆然とした口調でジューゼ伯爵が呟いた。

エルリーを抱いた女性は、集まってくる瘴気をその身に吸い込んで、徐々に大きくはっきりとした形になっていく。

「あれは、幽霊だ。死の間際《まぎわ》に残された未練や憎しみなどの負の気が瘴気となるが、なんらかの切っ掛けで瘴気が元の人の姿を取ることがある。そうなったものを『幽霊』と呼んでいる。普通は、そこまで育つ前に浄化されるかもっと強い瘴気に飲み込まれるかするんだが」

ヨハネスが説明しながら眉《まゆ》をしかめた。

「幽霊……？　あれが……」

オスカーがごくりと固唾《かたず》をのんだ。マリスも空を見上げて青ざめている。

「出産の際に命を落としたんだったな。子供を残していく未練が負の気となって残ったんだろう」

そして、ずっとエルリーに取り憑いていたのだ。

『エルリー……かわいそうに。怖いのね……怖いものはすべて闇に飲み込んでしまいましょう。あなたならできるわ』

「なっ、何を言ってる？　レーネ！」

エルリーの耳元に囁《ささや》くように喋《しゃべ》る幽霊に、ジューゼ伯爵が声をあげる。取り乱すその肩をヨハネスが摑んだ。

「落ち着け。あれはただの負の気であって、本人じゃない。生前の人格はなんの関係もないんだ」

「そうです。あれはエルリーの周りに集まった気を取り込んで大きくなろうとしているだけです。周りの気を取り込んで成長し続けるのが瘴気の性質なので」

ヨハネスの意見にアルムも頷いた。

「たぶん、ずっとエルリーの中に隠れていたんですね。護符などで浄化されないように」

そして今、たくさんの瘴気を吸収して姿を現したのだ。エルリーにもっと瘴気を集めさせて、より大きく強くなるために。

アルムはエルリーを腕に囲い込んでいる幽霊をきっと睨《にら》みつけた。

浄化する前に幽霊とエルリーを引き離さなくては。瘴気を取り込むことのできるエルリーの肉体は、幽霊にとっては最高の隠れ場所なのだろう。

どうしたものかと考えていると、ふらふらと近寄ってきたマリスがアルムの肩をがしっと摑んだ。

「アルム……お願い。エルリーを助けて……」

マリスの目からぼたぼたと大粒の涙がこぼれ落ちた。

「私、何も知らなかった……あの子はずっとひとりぼっちだったのに」

生まれたことを祝福すらされずに閉じ込められてきた従姉妹に対しての罪悪感が、マリスを責め苛《さいな》んでいる様子だった。

アルムは決意を固めると、ぎゅっとマリスを抱きしめた。

「わかった！　絶対助ける！」

マリスから体を離すと、アルムは深呼吸をして心を落ち着けた。

（とりあえず今は、怖がっているエルリーを安心させることだけ考えよう）

アルムは泣き出す前のエルリーの行動を思い返した。レイクに連れ去られそうになったのが怖くて泣き出したのだと思っていたが、よく考えてみるとレイクが姿を現す直前にエルリーはアルムから離れて逃げ出そうとしていた。

少しはなついてくれたものと思っていたし、村人達に囲まれた時はアルムにくっついて頼っている様子だった。それなのに、アルムから離れた理由は——


(もしかして、マリスを入れるために結界を解いたのが原因?)


生まれてからずっと狭い小屋で暮らして、決まった人間としか顔を合わせたことのなかったエルリー。広い外に出たというだけでも緊張していただろうに、次から次に見たことのない人間が現れる。結界を張って守ってくれるアルムにすがっていたのに、あっさりと結界を解いてマリスを引き入れられてしまった。アルムの結界の中が安心できる場所ではなくなってしまったということか。

(でも、私のことは最初からそれほど怖がらなかったのに、なんでマリスは……)

ふと、思いついた考えにアルムは顔を上げてマリスを見た。

「……マリス。エルリーのために、力を貸して」

「え?」

不安そうに眉を下げるマリスに、アルムは言った。

「エルリーを、迎えにいってあげてほしいの」

＊＊＊

「迎えに……いく？」

マリスは空とアルムを交互に見て呆然と呟いた。

「うん。私がマリスを浮かせるから、エルリーを連れてきて」

アルムはこともなげにそう言った。

「何を馬鹿なことを言ってる⁉」

抗議の声はマリスではなくジューゼ伯爵からあがった。

力なくうなだれていた伯爵だったが、血相を変えてアルムとマリスの間に割り込んできた。

「空は瘴気だらけなのだぞ！　娘を殺す気か⁉」

「マリスを瘴気には触れさせません。私が守ります」

アルムは胸を張って宣言する。

マリスの周りに結界を張ってもいいし、アルムの魔力をマリスに注《つ》ぎ込《こ》んで触れただけで瘴気が浄化されるようにしてもいい。

「何故、マリスにやらせる？　お前がやればいいだろう！」

至極もっともなことを言う伯爵に、アルムは「んー」と首をひねった。

「それでもいいんですけど……でも、やっぱりここはマリスにお願いしたいかな」

自分の時は、兄が迎えにきてくれたのをアルムは覚えている。今のエルリーも、「誰か」に助けてほしいと心の奥底で叫んでいるはずだ。

その「誰か」は、できれば心の底からエルリーを心配して迎えにきてくれる家族がいい。マリスはエルリーの姉ではないが、血の繋《つな》がった従姉妹だ。

「マリスがやりたくないなら私がやりますけど」

「……やるわ」

マリスがきりっとした顔つきで言った。

「マリス！」

「お父様。これは私が、ジューゼ伯爵家の者がやるべきだわ」

「だったら、私が……」

「お父様では駄目よ。エルリーを閉じ込めていたお父様が迎えにいったら、エルリーはまたあの小屋に戻ると勘違いしてしまうわ」

伯爵はぐっと声を詰まらせた。

「アルム。しかし、悠長に説得している時間はないぞ。これ以上、瘴気を集められると、あの子供を闇の魔導師とみなさなければならない」

ヨハネスは顔を曇らせて空を睨んだ。

闇の魔力を使って人に危害を加える者を闇の魔導師と呼ぶなら、エルリーは闇の魔導師ではない。

今は、まだ。

エルリーが集めた瘴気は空を覆っているだけで、こちらに襲いかかってこないからだ。しかし、これ以上に大量の瘴気を集めて空を覆われてしまうと、「人を害する意志はなかった」という言い分が通用しなくなる。

「エルリーを闇の魔導師にはしません！　ね？　マリス」

「ええ！」

マリスが力強く同意し、アルムはにっこりと微笑《ほほえ》んだ。

「さあ、エルリーを迎えにいこう！」

＊＊＊

声が聞こえる。

誰かがエルリーを呼んでいる。

これは、いつも夜になると聞こえる声だ。「エルリー、エルリー」と声が聞こえてくると、闇が騒ぎ出して恐ろしい。

『エルリー……もっとたくさん瘴気を呼ぶのよ。そうしたら、怖いものは全部なくしてあげる』

声はエルリーにそう囁く。泣き疲れてぼんやりした頭に、甘い声が染み込んでくる。

たくさんの知らない人に囲まれて、とても怖かった。あの人達を、全部なくしてもらえる？　そうしたら、もう怖くない？

エルリーが闇を受け入れかけたその時、凛とした声が響いた。

「エルリー！」

はっと目を開けたエルリーは、視界に飛び込んできた色鮮《あざ》やかな光景に息をのんだ。

大量の花が、空中に漂っていた。

花に目を奪われたエルリーは、一瞬だけ恐怖を忘れて下を見た。

地面に立つ少女が、エルリーを見上げている。

「……あーるぅ」

「エルリー、降りておいで」

アルムが手を広げて言う。

エルリーは迷った。アルムのそばに行きたいけれど、アルムの周りには知らない人がいる。エルリーは両の拳《こぶし》をぎゅっと握りしめた。

「エルリー、怖いよね。わかるよ。私もそうだったから」

アルムが語りかけてくる。

「どこに行けばいいかわからなくて、不安でなんにも見たくない気持ちはわかるよ。でも、ちょっと勇気を出して周りを見てみて」

そう言われて周囲を見回したエルリーは、涙で濡《ぬ》れた目を丸く見開いたのだった。

＊＊＊

アルムは地面に手をかざし、大量の花を咲かせた。

そして、咲いた花をすべて空に舞い上げてから、エルリーに呼びかけた。

アルムの呼びかけに反応して周囲を見回したエルリーが、驚いて目を丸くする。

アルムが空に舞い上げたのは、花だけではなかったのだ。


「エルリー」

花に守られるようにふわりと宙に浮かんだマリスが、手に一輪の紫《むらさき》の花を持ってにっこりと微笑《ほほえ》んだ。

アルムはこう思ったのだ。自分がエルリーに怖がられなかったのは、最初に笑顔を見せたからではないだろうか。

泣かせたくないからにこやかな顔で接していただけだが、エルリーはその笑顔を見てアルムのそばにいても大丈夫だと感じたのかもしれない。

マリスが近づいてきた時に逃げ出したのは、彼女が強《こわ》ばった顔をしていたから怖かったのかもしれない。


「だから、何が起きても笑顔でいてね」


アルムはマリスにそう言いつけてから空に浮かべた。

瘴気が充満するまっただ中に放《ほう》り込まれる相手に「何が起きても笑顔でいろ」というのは酷な話かもしれないが、マリスはアルムの指示に従ってエルリーににっこり笑いかけた。「怖がらなくていいよ」と、伝えるために。

マリスの周囲にふわりと浮かぶ花々が、明るい気を放った。


『ううっ……』

「わあ……っ」


花に込められたアルムの光の魔力に幽霊が怯《ひる》み、エルリーは花に惹《ひ》かれて身を乗り出した。

ずっと紫の花を握っていたエルリーの姿を思い出して、アルムは気づいた。泣き出した時、エルリーは自分の両手を見ていた。

おそらく、花をなくしたのがショックだったのだ。

「エルリーには花を綺麗《きれい》だと思う心があるの！　だから、絶対に闇には染まらないから！」

幽霊に向かって宣言するように、あるいはエルリー本人に言い聞かせるように、アルムはそう言った。

「エルリー、おいで」

マリスがそっと紫の花を差し出した。

＊＊＊

周囲には大量の瘴気。目の前には叔母の姿をした幽霊。

今すぐ逃げ出したいと震えそうになる体と気持ちを抑えつけて、マリスは必死に笑顔を作った。

アルムの力で瘴気はマリスに触れられないようだが、それでも怖いものは怖い。マリスはなるべく幽霊の方を見ないようにして、エルリーに花を差し出した。

「エルリー、おいで」

マリスがエルリーを幽霊から離したら、すかさずアルムが幽霊を浄化する作戦だ。

（お願い。早くこっちに来て）

祈るような気持ちでエルリーに向かい合うマリスだったが、エルリーは花を気にする様子は見せるがマリスの手を取ろうとしない。警戒されているのを感じて、マリスは優しく語りかけようとした。

「エルリー、怖がらなくていいよ。私は……」

『エルリー』

マリスの声を遮るように、幽霊がエルリーの耳元で囁いた。

『怖いでしょう。皆がエルリーを捕まえに来るわ。その前に、全部消してしまいましょう』

それを聞いたマリスは恐怖《きょうふ》で竦《すく》みそうになりながら、自分に言い聞かせた。

（落ち着くのよ。怖がっちゃ駄目。怖くない。怖くない。怖がらないで……）

＊＊＊

（頑張れ、マリス！）

アルムは心の中でマリスに声援を送りながら見守っていた。

マリスがエルリーを安心させて、エルリーがこちらへ戻ってきたら幽霊も集まった瘴気も綺麗さっぱり浄化してしまえばいい。

その瞬間を待って、いつでも力を放てるように待機するアルムの視線の先で、マリスがふと顔をうつむかせた。

「怖がらないで……いられるわけないでしょうがぁぁぁーっ!!」

「ええっ⁉」

「怖がらないで」と笑顔でエルリーを説得していたはずのマリスの突然の絶叫に、アルムは仰天《ぎょうてん》した。

「こんな状況で怖くないわけないでしょぉぉっ！　ねえ、エルリー！　怖いよね？」

「マ、マリス？」

エルリーに同意を求めるマリスを見て呆気《あっけ》にとられるアルムだったが、マリスの勢いは止まらなかった。

「怖いもんは怖いのよ！　瘴気怖い！　幽霊怖い！　空に浮かんでるのも怖い！」

マリスは空中でひとしきりじたばたと暴《あば》れた後、エルリーに向かって握りしめた紫の花を突き出して言い放った。

「だからエルリーも怖がっていていいわ！　一緒に思いきり怖がりましょう!!　こっちに来て、ほら早く!!　怖いから私と一緒にいて!!」

「えう……？」

大いに戸惑った様子のエルリーが、マリスの勢いにつられたのか幽霊の腕から抜け出して花を摑んだ。

次の瞬間、宙を漂っていた大量の花がマリスとエルリーを取り囲み、二人を守る結界と化した。

『うぐぅっ……』

アルムの力が宿った花に阻《はば》まれてエルリーに近づけなくなった幽霊が悔しげに呻く。

マリスがエルリーを安心させ、エルリーが紫の花に触れたら二人を包む結界が完成するように設定していたのだ。予想とはちょっと違う流れだったが、マリスとエルリーは無事に結界の中に入った。

それを確認したアルムは手のひらを空に向けた。

「エルリーはもう独りじゃないから。安心して消えてください！」

放たれたまばゆい光が、空を覆う瘴気を浄化する。

『うう……うあぁ……っ！』

断末魔のような呻きを残して、幽霊は青空に溶けるように消滅した。

花に包まれたマリスとエルリーが、ゆっくりと降りてくる。

地面に着地すると同時に、役目を終えた花は輝きを残して消え、エルリーが握る紫《むらさき》の花だけが残った。

「お疲れさま。上手くいってよかったー」

アルムが駆け寄ると、マリスとエルリーが同時に飛びついてきた。

「わあああんっ！　怖かったーっ！」

「あーるぅ〜っ」

二人の勢いを受け止めきれず、アルムはすてーんっと尻餅《しりもち》をついたのだった。

第七章
元聖女、帰宅する。

お尻《しり》をさすりながら立ち上がったアルムは、足にすがりつくエルリーを抱き上げて「ふう」と息を吐いた。マリスは糸が切れたように地面に座り込んでしまった。気分が悪そうには見えないので、気が抜けただけのようだ。

エルリーを落ち着かせて瘴気《しょうき》が集まるのを止めたものの、まだ問題が解決したわけではない。

やれやれ疲れた～とベンチに寝転びたいのをぐっと我慢して、アルムは一同の顔を見渡した。

「はっ！　そういえば、俺《おれ》の顔を見てもアルムがウニ化しない……！　よっしゃあっ！　一歩前進だ！」

ヨハネスが急に歓喜の声をあげた。

（そういえば、ヨハネス殿下の顔を見ても吐き気が湧《わ》いてこないな。それどころじゃなかったからか……）

アルムも別に積極的に吐きたいわけではないので、平気になったのならそれはそれでかまわない。

「そんなことよりも……エルリーのことですよ！」

アルムは地面から木を生やし、伸ばした木の枝を絡《から》みつかせてジューゼ伯爵とレイクを拘束した。

「なっ、何をする！」

「くっ……」

もがく二人の前に立ち、アルムはエルリーの頭を撫《な》でて言った。

「エルリーは闇《やみ》の魔導師にはなりません。普通の女の子と同じように、可愛《かわい》い服を着て、お菓子《かし》を食べて、綺麗《きれい》な花を摘《つ》む。そういう暮らしをさせたいです」

「はっ！」とレイクが口の端を歪《ゆが》めて笑い飛ばした。

「無理だって言っているだろう！　夢物語もいい加減にしろ！」

レイクの瞳《ひとみ》に憎悪の炎が宿った。

「この国の人間は腐っている。闇の魔力を持つ俺達を見下し、追いつめた……その子供も俺達と同じ想《おも》いをするさ」

レイクの口調は確信に満ちていたが、アルムは怯《ひる》まなかった。

「エルリーの心は絶対に闇に染まらないって、私は信じます！　だって、ずっとひとりぼっちで閉じ込められていたのに、エルリーは誰《だれ》のことも恨《うら》んでいない優しい子だもの」

エルリーは瘴気を引き寄せはしたが、それを誰かに向けようとはしなかった。もしもエルリーに誰かを傷つけたいという感情があったら、瘴気は人を襲っていたはずだ。

アルムの言葉を聞いて、ジューゼ伯爵がガクリとうなだれた。

「だが、どこでその子供を育てるつもりだ？　責任をとる人間がいないって、さっきも話していただろうが」

「それは……」

「わ、私がっ……引き取りますっ！」

アルムとレイクの会話に、いつの間にか立ち上がっていたマリスが口を挟んできた。

「私は従姉妹だもの！　私に責任があります！」

「マリス！　馬鹿《ばか》なことを言うなっ……！」

「お父様がジューゼ伯爵家を守ろうとしたのはわかってるわ……でも、真実を知った以上、私一人だけのうのうと暮らせない！」

マリスと伯爵が言い合いを始める。

「私はジューゼ家を出ていくわ。エルリーと一緒にどこか人に迷惑をかけない場所で暮らして……」

「待つんだ、マリス嬢。これだけの闇の魔力の持ち主を野放しにするわけにはいかない。……残念だが、監視をつけて生活することになるだろう」

ヨハネスが思い描くエルリーの暮らしは、護符や結界の張られた場所での監視付きの暮らしだ。そこに時々ヨハネスや他の神官が通って魔力の使い方を教えることになるだろう。

「誰か、後見人になる人間がみつかれば、ある程度の自由は得られる。王都に戻ったら、隠居した神官などに声をかけてみよう。神殿関係者が後見人になれば、何かしら理由をつけて大神殿で暮らせる可能性も――」

「――だったら」

ヨハネスの言葉を遮《さえぎ》って、オスカーが口を開いた。

「だったら、私が後見人になります」


全員がオスカーに注目した。

「オスカー殿？　何を言ってるんだ」

「キラノード小神殿の神官長がたまたま強い魔力を持つ子供をみつけて引き取った――ということにできませんか？」

マリスがぽかんとした顔でオスカーを見上げた。アルムはオスカーを見て「そういえばこの人誰だろう？」と思ったが、空気を読んで黙っていた。

「できるかもしれないが、それでは何か起きた時にオスカー殿に責任が……」

「そうだぜ！　なんの関係もない奴《やつ》がなんでそんな危険を背負い込まなきゃいけねえんだ？」

戸惑うヨハネスに便乗して、レイクがオスカーに問いかけた。

オスカーは向き合ったレイクに静かに答えた。

「私は、名ばかりとはいえキラノード小神殿の神官長だ。だが、困り果てたジューゼ伯爵が頼ったのは、小神殿ではなく闇の魔導師だった」

オスカーは自嘲するように微笑《ほほえ》んだ。

「もしもジューゼ伯爵が相談してくれていたとしても、私には何もできなかった。どころか、闇の魔力を持つ子供を恐れて冷たく突き放していたかもしれない……きっと、そうしていた。私は闇の魔力を持つ者がどんな想いで生きているのかなど、考えたこともなかった」

ジューゼ伯爵がうつむいて唇を噛《か》んだ。アルムの腕の中で、エルリーは怖々といった様子ながらも喋《しゃべ》るオスカーを眺めている。


「だが、聖女アルムが私の目を覚まさせてくれた！」


不意に顔を上げたオスカーがアルムを見て微笑んだ。

「聖女アルムが、エルリーは闇に染まらないと断言した。ならば、何も心配はいらない。私はアルム様の言葉を信じます」

力強い言葉と共にまっすぐにみつめられて、アルムはぽっと頬《ほお》を赤く染めた。

「んなっ……！」

それを見たヨハネスが声にならない呻《うめ》きを漏《も》らした。

アルムは初対面のオスカーが自分を信じてくれると言うのに感動して礼を言った。

「あ、ありがとうございます！　私のこと信じてくれて……エルリーを信じてくれて」

「当然です。王都を救い、今また一人の女の子を救おうとしているアルム様のお言葉を疑う神官などいるものですか」

アルムの目にはオスカーからきらきらした『好青年オーラ』が放たれているように見えた。知り合いの青少年がだいたい残念な人物であるアルムにとっては、誠実そうなオスカーの態度がまぶしく映る。

「私、頑張ります！」

「おい待てコラ！　勝手に二人で盛り上がるな」

アルムがオスカーに明るい笑顔を向けたのが気にくわなくて、ヨハネスが二人の間に割り込んだ。

「お、俺だってアルムを信じているが、立場上軽々しくものを言えないってのに……俺の目の前で点数稼ぎやがって……っ」


「害虫は外ー!!　聖女の怒り炸裂スペシャルバージョン!!」


オスカーに向かって八つ当たり気味に私怨《しえん》を吐き出そうとしたヨハネスに、横手から何か堅いものがばらばらと投げつけられた。

「アルムに会いたいという自分の欲望のためにオスカー様を利用しておきながら逆恨《さかうら》みとは、見下げ果てたクズですわ！　あまつさえ、二人の間に信頼が生まれようとする瞬間に割り込むだなんて、許されざる所業でしてよ！　害虫の分際で嫉妬《しっと》などおこがましいわ！」

「あっ。キサラ様だ」

「とうとう出やがったな！　ゆっくり来いって言ったのに！」

「ふん！」と胸を張るキサラに、ヨハネスは投げつけられた何かを拾って怒鳴った。

「人に豆をぶつけるのはやめろって言っただろうが……って、豆？　豆かこれ⁉　デカっ‼　なんだこれ⁉」

普通の豆の何倍も大きなそれに、ヨハネスが驚愕《きょうがく》する。

「藻玉ですわ」

「モダマ⁉」

聞いたことのない名前の豆に戸惑うヨハネスを後目《しりめ》に、キサラはアルムに微笑みかけた。

「さあ、アルム。この害虫のことは気にせず、オスカー様と仲を深めなさい。嫉妬に駆られた醜い害虫はわたくしが退治するわ」

「はあ？」

第七王子に藻玉をぶつけたのと同一人物とは思えないほど、微笑みを浮かべるキサラの佇《たたず》まいは美しく清廉な聖女そのものだ。マリスが「ほぅ……」と感嘆《かんたん》の息を吐くのが聞こえた。

アルムはこてん、と首を傾《かし》げた。

「キサラ様、いつからいたんですか？」

「瘴気が一ヶ所に向かっていくのが見えたから追いかけてきたのよ。そしたらアルムがヨハネス殿下に落花生《らっかせい》をぶつけていたから、あそこで皆と一緒に見守っていたの」
キサラが少し離れた場所を指さす。そこにはキサラが乗ってきたらしい壮麗な馬車が停まってい
て、その前に聖騎士と護衛の兵士達が一列に並んでぽりぽり落花生をつまんでいた。その中に、
何故《なぜ》かガードナーも混じっている。
「アルムよ！　話は聞かせてもらったぞ！」
落花生を噛み砕《くだ》いたガードナーが、「むん！」と胸の筋肉を張って近づいてきた。
「伯爵がいなくなったのでヨハネス達と合流しようと思って来たのだが、邪魔《じゃま》になりそうなので見学させてもらっていた！」
ガードナーがのしのしと歩いてきたのでエルリーが怖がるかと思って身構えたアルムだったが、
エルリーは初めて見る大男に驚きすぎたのか目を丸くしてぽかんとしていた。
「兵士はともかく聖騎士は俺の身を守るのが仕事だろうが！　主君が藻玉をぶつけられているのに
堂々と見学してるんじゃねえっ‼」
「すいません。豆類ならいいかなって思って……」
聖騎士に食ってかかったヨハネスがぎゃあぎゃあ騒ぐのに思わず気を取られたアルムの背後で、
不意に闇の気配が膨れ上がった。
『覚えておけよ、聖女アルム』
木で拘束していたレイクの姿が、黒い靄《もや》に包まれて消えていた。
『いつか必ず後悔するさ。その子供は闇の中でしか生きられないと後悔する時がくる。その時は、

俺を呼べばいい』

声だけを残して、闇の魔導師レイクは去っていった。

「……あーるぅ」

腕の中のエルリーが名前を呼んでしがみついてくる。

アルムはその小さな体をぎゅっと抱きしめた。

＊＊＊

「とりあえず、近くの村に移動して休みませんか」

レイクが消えた後、いささかぐったりした様子のマリスがそう提案した。

いろいろありすぎて疲れているのはアルムも同じだったので、マリスの意見に賛成した。

男性陣は先に馬で村へ向かい、女性陣はキサラの馬車に乗せてもらうことになった。

「なるほど。ヨハネス殿下とキサラ様は瘴気の発生原因を調べるためにいらしたんですね」

「ええ。殿下には別のよこしまな企《たくら》みもあったようだけれど……まさか、こんな可愛い子が隠されていたなんてね」

村へ向かう道中、馬車の中でヨハネス達が訪れた理由を聞いたアルムは、疲れたのかうつらうつらしているエルリーの頭を撫でて眉《まゆ》を曇らせた。

具体的にエルリーをどうするのか、まだ決まっていないのだ。オスカーが後見人になると言ってはくれたものの、彼がエルリーを育てることはできない。

エルリーの力を抑えて使い方を学ぶためには大神殿で暮らすのが一番だが、大神殿——特に聖女の住まう聖殿に入ることができるのは限られた者だけだ。オスカーの後見があっても、エルリーが聖殿で暮らす許可を得るのは難しいかもしれない。

さりとて、聖殿以外の場所でエルリーが暮らすとしたら、あの小屋のように護符や結界で閉じ込めないといけない。

マリスは何か考え込むように外を眺めて黙っている。何か声をかけて励ましたかったが、アルムにはなんと言えばいいのかわからなかった。

ほどなくして村に到着すると、馬に乗って先に行っていたヨハネス達が村人に歓迎されているところだった。

「まっ、魔物様⁉　何故、殿下達と一緒に……っ」

「おい馬鹿、黙れっ！」

馬車から降りてきたアルムを見るなり怯え出した村人達だったが、リヴァーがすっと歩み寄ってきてアルムに耳打ちした。

「わかっていますよ、魔物様。人間のふりをして王子に近づき、意のままに操《あやつ》るおつもりですね？」

全然そんなおつもりじゃないのだが、否定するのも面倒くさいのでアルムは黙っていた。

「さすがですな、魔物様。……これは例のものです。お納めください」

リヴァーが大きな包みを二つ、すっと差し出してきた。

アルムは無言で包みを受け取ると、バッグの中に押し込んでから何事もなかったようにキサラの後をついていった。

＊＊＊

「アルム！　お前も疲れただろう！　ゆっくり休むといい！」

村の寄合所となっている作業小屋を借りて休息を取ることになり、アルムがエルリーと手をつないで建物に入ると、大股で歩み寄ってきたガードナーがエルリーを無造作に抱き上げた。

「あ」

アルムは急に見知らぬ大男に抱き上げられたエルリーが泣き出すかと思った。

だが、エルリーはガードナーの腕の中で目を丸くしてぱちぱち瞬《またた》いていて、泣き出しはしなかった。

「うむ！　おとなしい子だな！　一緒に筋トレするか？」

筋トレと言いつつ、ガードナーはエルリーを高い高いした。高く持ち上げるたびにエルリーが「ふわ、ふわ」と声をあげるので怖がっているのかと思ったアルムだが、いっこうに泣き出す様子はなく、むしろ手をぱたぱたさせて楽しんでいるように見えた。

（意外と子供と相性がいいのかな？）

アルムの中でガードナーの好感度が上がった。

「しかし、偶然もあるものだ。俺がアルムを連れてきた場所に、エルリーのような存在がいるとはな」

ガードナーがエルリーを肩車しながら言った。

「もしかしたら、アルムとエルリーは出会う運命だったのかもしれないな。そう考えるとおもしろいではないか」

「おもしろくねえよ。まだ何も解決してないんだぞ」

ほがらかに笑うガードナーに突っ込んだヨハネスが、オスカーに視線を向けた。

「本当にいいんだな？」

念を押されたオスカーは迷わずに頷《うなず》いた。

「闇の魔力さえ抑えられれば、エルリーは普通の子供と変わらないのでしょう？　私はアルム様を信じます。彼女が見守っていれば、エルリーが闇に染まることはないでしょう」

「素晴《すば》らしいですわ、オスカー様！　アルムへの信頼といい、誠実な態度といい……どこぞの第七王子とはえらい違いですわ！」

「ええい、うるさい！　引っ込んでろ！」

自分を煽《あお》るキサラの軽口に憤然とするヨハネスの背後で、突然勢いよく寄合所の扉が開いた。

「おのれ魔物め！　よくも村の皆をたぶらかしたな！」

髪はぼさぼさで服も汚れている、何か大変な目にでも遭ったかのような風体の青年が怒鳴り込んできた。

「やめるんだアンドリュー‼」

数人の村人が駆け込んできて、青年を押さえつける。

「目を覚ますんだ、皆！　魔物に魂を売るなどっ……俺は自《みずか》らの誇りのために戦うぞ‼」

「俺達は無力だ……！　こうするしか生きる道がないんだっ！」

「村を守るためだ……今は耐える時なのだ！」

村人達に引きずり出されたアンドリューは悔《くや》しさに顔を歪めて叫《さけ》んだ。

「くそぉぉっ‼　離せっ‼　離せぇぇっ‼」

ぱたん、と扉が閉じて、寄合所内に静けさが戻った。


「何かあったのかしらね？」

「さあ？」

首を傾げるキサラに、アルムはすいっと目をそらした。

「……自らの誇り……」

その時、ずっと無言で座っていたマリスが何かを決意したように立ち上がった。

「私にも、ジューゼ伯爵家の娘としての誇りがあるわ……！　ヨハネス殿下！　やはり私がエルリーの後見人になります！」

マリスが拳《こぶし》を握ってそう主張する。

「マリス！　そんなことをすればお前の人生がっ……」

「なんの関係もないオスカー様に責任を押しつけることなんてできないわ！」

ジューゼ伯爵が娘を止めようとするが、マリスは頑《かたく》なに言い張った。

「マリス嬢……私は神官長として、キラノード小神殿が守護する地で起きた出来事に無関係ではいられない。エルリーのことも、私が責任を持つのは当然のことだ」

「いいえ！　エルリーは私の叔母様《おばさま》の子供だもの！　身内が責任を負うべきだわ！」

マリスとオスカーが互いに自らが責任を負うべきだと言い合う。

アルムは「マリスの気持ちもわかるな」と思った。

「はあはあ……！　俺が皆の目を覚ましてやる！　勝負しろ、魔物め！」

「今、親権を争っている最中なので後にしてください」

村人を振り切ったらしいアンドリューが再び扉を開けたので、アルムは手をかざして軽めに吹っ飛ばしてから扉を閉じておいた。

「マリス嬢は十六歳だろう？　そもそも成人でなければ後見人にはなれない」

「そんなっ……」

ヨハネスに説得されて、マリスが泣きそうな表情になる。

そこへ、エルリーを肩車したままのガードナーが口を挟んだ。

「だったら、二人で後見人になればいいではないか」

「へ？」

皆がガードナーに注目した。


「魔物め！　よくもアンドリューを殺《や》りやがったな！　俺が仇《かたき》を……っ」

「よせケヴィン！　魔物様の怒りに触れてはならんっ‼」

扉が開いて、アンドリューと同様にぼろぼろな姿のケヴィンが怒鳴り込んできた。

「殺ってません」

アルムは軽く吹っ飛ばして扉を閉め直した。


「二人でとは、どういうことです？」

困惑するオスカーに、ガードナーはあっさり答えた。

「簡単な話だ。マリスが十八歳になるまでの二年間、オスカー殿が後見人をやる。マリスが成人したら後見人を譲ればいい」

一同は「はっ」と目を見張った。

二年後であれば、エルリーが成長して魔力制御できるようになっている可能性が高い。

「こういう筋書きはどうだ？　『ジューゼ伯爵領を訪れた第二王子を案内していたジューゼ伯爵令嬢が子供を拾った。その子供が強い魔力を持っていたため、キラノード小神殿に相談。魔力の使い方を学ばせるため、キラノード神官長が後見人となり、第二王子が保証人となって聖女の付き人に推薦した。』これならエルリーが聖女のそばで暮らせるぞ」

ヨハネスは唖然とし、アルムは目をぱちくりさせた。

大神殿の中でも、聖女が暮らしているのは聖殿という特別な場所だ。そこには護衛の聖騎士以外に聖女の身の周りの世話をする付き人が住んでいる。

付き人になれるのは未婚の女性と決まっていて、貴族だけではなく平民も多く働いている。そこにエルリーを紛れ込ませようというのだ。

「なるほど！　付き人なら聖女のそばにいても誰も不思議に思わないですね！」

アルムは目を輝かせてガードナーを見上げた。

「くっ……脳筋のくせに！」

「ヨハネス殿下。オスカー様どころかガードナー殿下にも負けておりますわ。完敗ですわ。ざまぁですわ」

嫉妬して歯噛みするヨハネスをキサラがせせら笑った。

（聖殿で暮らしながら大きくなって、魔力の制御ができるようになれば、エルリーは自由に暮らせるようになるはず！）

アルムは明るい気分になって、スクワットを始めたガードナーに肩車されたままのエルリーをみつめた。エルリーは嫌がることなく上下に揺られている。

（私も、エルリーのために何かできないかな？）

エルリーは闇の魔導師にはならない。と、レイクに宣言したのはアルムだ。魔力の使い方を教えるのは向いていないが、キサラ達に任せっぱなしにもできない。

（私が役に立ちそうな場面って、エルリーが魔力を暴走させた時ぐらいだよなあ……）

エルリーがキサラ達では抑えきれないぐらいの魔力を暴走させそうになった場合に、即座に対処する方法はないかとアルムは考え込んだ。


「魔物め！　俺達が力を合わせてお前を倒す！」

「二人なら無敵だ！　覚悟しろ！」

「う～ん……即座に対処する方法……」

アンドリューとケヴィンが扉を開けたので、中に入ってくる前に吹っ飛ばして扉を閉めた。

「アルム、さっきからあの方達は何をしているの？」

キサラに不思議そうに尋ねられたので「なんでもないです」と誤魔化《ごまか》しつつ、アルムは頭を悩ませる。

（エルリーに何かがあった時、すぐにわかるようにできれば……）

その時、ヨハネスの懐《ふところ》からぽろっと丸くて平たい石のようなものがこぼれ落ちた。さっきの藻玉である。

「おっと。藻玉が落ちた」

「それ持っていると幸せになれるって言い伝えもあるみたいですわよ。お守りにしてはいかが？」

「俺の幸せを嬉々として邪魔してくる聖女から投げつけられた豆にそんな御利益ねえよ」

藻玉を拾うヨハネスとキサラのやりとりを見て、アルムの脳裏にぴんと閃《ひらめ》くものがあった。

（そうだ。確か伝説の中に……）

＊＊＊

藻玉を懐に仕舞いながら、ヨハネスは今後のことを考えた。

（貴族が後見人で王子の推薦があれば誰も口を挟まねえだろう。ここまで幼いのは初めてだろうが、十歳前後で付き人になるのはそこまで珍しくないし、問題はない……まてよ、エルリーが大神殿で暮らすということは）

スクワットを終えたガードナーがようやく肩からエルリーを下ろした。エルリーは少しふわふわとした足取りで駆けていって、アルムのスカートをぎゅっと握る。

その光景を目にしたヨハネスは、ある可能性に気づいて愕然《がくぜん》とした。

エルリーが暴走した時、強大な魔力を抑えられるのはアルムだけだ。

当初、アルムは自分がずっとそばにいてエルリーの魔力を抑えるつもりでいた。ということは、

（アルムも大神殿に戻ってくる、のか……？）

ヨハネスの胸に一筋のあたたかい光が射《さ》し込《こ》んだ。そのぬくもりが、期待となって全身に広がる。

最初こそ落花生をぶつけられたものの、その後はアルムの方から話しかけてくることもあったし、現在も同じ室内にいてもウニる様子はない。

これは、アルムの『ヨハネス恐怖症』が改善したということではないか。

まだわだかまりは残っているかもしれないが、少なくとも顔も見たくないという状態からは脱しているはずだ。

「ウニられない。ウニにならない……今日は二人のウニない記念日……」

「ヨハネス殿下？　何、目頭《めがしら》押さえながらぶつぶつ言ってるんですか？　気持ち悪いですわよ」

キサラが気味悪そうに罵倒してくるが、ヨハネスの耳には入らなかった。

（やっと……やっとアルムが大神殿に帰ってくる‼）

人前じゃなかったらガッツポーズを作って床を転げ回りたいくらい嬉《うれ》しい。

（エルリーの魔力を抑えるためとはいえ、大神殿に戻ることを嫌がっている様子はない。つまり、大神殿に――俺のそばに戻るのが嫌じゃないってことだ！）

若干気持ち悪い思考に至りながら、ヨハネスはにんまりと笑みを浮かべた。

アルムは大神殿に戻るとは一言も言っていないのだが、エルリーを見守るということはそういうことだろうとヨハネスは思い込んでいた。

（ようやく、あるべき姿に戻るんだ。また二人で時を過ごせる……今度はちゃんと大切にして甘やかして、二度と離れないように……）

「殿下。一つ言っておきますけれど、思春期の男子って女の子の目から見たら大体おバカで大抵カッコ悪くてちょっと気持ち悪いものですからね。それを肝《きも》に銘じて行動しないと、痛々《いたいた》しいことになりますわよ」

ヨハネスが何を考えているか、そのニヤケ顔から手に取るようにわかってしまったキサラが嫌そうに忠告するが、幸せな妄想に浸っているヨハネスはその苦言を聞き流した。

「そうだ。アルムとも今後のことを相談しないと」

ニヤケたままいそいそとアルムに歩み寄ろうとしたヨハネスだったが、エルリーと向かい合ってしゃがみ込んでいたアルムから突然まばゆい光が放たれて目を押さえた。

「アルム？」

「うーん。たぶん、こんな感じで……できた！」

アルムが何かに成功したらしい。嬉しそうな声があがった。

「何をしているの？」

「えへへ。これを作ったんです」

尋ねたキサラに、アルムは手のひらに載せた何かを見せた。

ヨハネスも覗《のぞ》き込んでみると、それは丸く平たい、小さな紫の石だった。

「これって……」

「私の魔力で作った石です！」

アルムはなんてことのないように言った。

「魔力で作っ……魔石かこれっ⁉」

ヨハネスは思わず叫んだ。

魔石とは、文字通り魔力で作られた石だが、これを作ることができたのは王国の歴史上二人だけ——創国神話の始まりの聖女ルシーアと伝説の大聖女ミケルだけだ。

神話と伝説の中にしか存在せず、空想上のアイテムだろうと思っている人間も多い。


「やってみたらできました」


アルムは飄々《ひょうひょう》と言う。

「何故、やってみようと思ったんだ？」

「エルリーに持たせようと思って」

アルムは神話や伝説級の代物を生み出した動機をあっけらかんと説明した。

「これには私の魔力が宿っているので、エルリーに何かがあったらすぐにわかります」

「へぇ……」

「離れている時もこれで安心です」

「ふぅん？」

ヨハネスは首を傾げつつ相槌《あいづち》を打った。

（離れている時って……まあ、大神殿の中でも四六時中一緒にいられるわけじゃないから、心配なのか？）

「男爵家からでも遠隔で魔力を送れるので心配いりません！」

「ちょっと待て！」


ヨハネスはそこで違和感に気づいて声をあげた。

「男爵家からって何だ？　一緒に大神殿で暮らすんだろ？」

「ええ？　なんでですか……私は家に帰りますよ」

「はあ⁉　エルリーだけ大神殿に置いていくって言うのか⁉」

どういうことだ、と激高するヨハネスに怯えて身を引きつつ、アルムは言い返した。

「だって、私は元・聖女ですし！　第一、大神殿で働いていたらエルリーを気にかける暇《ひま》も余裕もなくなっちゃうじゃないですか！　朝から晩までぎっちり仕事が詰め込まれて、一つの仕事が終わらないうちから次々に新しい仕事が持ってこられて怒鳴られたり罵倒されたり……」

かつてのブラック労働の記憶が蘇《よみがえ》ったのか、アルムがぐっと唇を噛んで泣きそうな顔で震えた。

「いや、俺は以前とは違う！　今度はそんなことしない！」

「この手の男は、謝って許されたら何度でも同じこと繰り返すってお母様が言っていたわ」

「うぉいっ！」

弁解するヨハネスを横目に、キサラがアルムにぼそぼそと耳打ちする。


「だから、私は大神殿の外で、エルリーや他の闇の魔力を持つ人達が普通に暮らせる方法を探します！」


アルムがきっぱり宣言すると、オスカーが目を輝かせた。

「おお！　なるほど！　大神殿の中にいてはわからないこともある。中のことは他の聖女様に任せて、アルム様はあえて外から世界を変えようというのですね！　さすがです！」

感動したオスカーが拍手をしてアルムを讃《たた》えた。

「エルリー、大丈夫だよ。大神殿の人は皆……おおむね良い人ばかりだし、約一名パワハラ外道野郎がいるけど無茶な仕事を押しつけられたらキサラ様達に助けてもらえばいいからね」

「任せて。害虫はエルリーに近づけないわ」

アルムがエルリーに言い聞かせ、キサラが笑顔で請《う》け負《お》う。

「おいコラ。お前ら……」

ヨハネスの抗議は綺麗に無視されたのだった。

＊＊＊

村人達に見送られて、一同はミズリ村を後にした。

見送りの声の中に「次はこうはいかないからな!」「覚悟していろ!」「やめるんだ、二人とも!」「魔物様万歳!」という声も混じっていたような気もするが、アルムは聞こえなかったふりでさっさと馬車に乗り込んだ。

そのままキラノードへ帰るというオスカーと別れて伯爵家に戻ると、夫と娘の身を案じていた夫人が駆け寄ってきた。

「マリス! あなた!」

「お母様!」

母親と会えて気が緩んだのか、マリスは泣きながら伯爵と一緒に事情を説明していた。

(いろいろあったけど、一件落着だよね)

アルムは大きな館に驚いてきょろきょろしているエルリーを抱き上げて安堵《あんど》の息を吐いた。

「アルム。もう一度話し合わないか。エルリーの健全な育成のためには、やはり信頼できる相手が常にそばにいた方が……」

「はーい。ヨハネス殿下、わたくし達はあっちで報告書を書きますわよー」

「ちょっと待て! アルム! アルムぅぅっ!」

ヨハネスはキサラに引きずられていき、ガードナーは兵士達にてきぱきと指示を与えている。

手持ち無沙汰になったアルムは、エルリーと一緒に早めに休ませてもらうことにした。

＊＊＊

寝台の上で丸くなって眠るエルリーを眺めていると、扉が小さくノックされた。

「ちょっといいかしら……？」

扉を開けるとマリスがいて、最初に泊まった日と同じようにアルムの横をすり抜けて部屋に入ってきた。

「いろいろあって、眠れなくて……」

マリスはそう言って、エルリーを起こさないように寝台の端にそっと腰を下ろした。アルムのその横に静かに座る。

「明日、ヨハネス殿下とキサラ様は王都へ帰るって聞いたわ。アルムとガードナー殿下は？」

「エルリーが……いきなりあちこち連れ回されたら大変だろうから、一日様子をみようってガードナー殿下が」

「そう。じゃあ、明後日には皆帰っちゃうんだ」

マリスはふーっと溜《た》め息《いき》を吐《つ》いた。肩を落とす姿は、最初に会った時の明るさが失われてしまったかのようだ。

（元気出して、って言うのも変かなあ……）

アルムは「うーん」と悩んだ。こういう時、なんと声をかけるのが正解なのだろう。

生まれた子供を死んだことにして隠し、闇の魔導師に引き渡そうとしていたジューゼ伯爵。彼のしたことを明るみに出したら、エルリーが闇の魔力を持っていることが世間に知られてしまう。

そのため、伯爵には表向きはなんの処罰も与えられないだろうということだ。ヨハネスはワイオネルだけには報告する必要があると言っていたが、ワイオネルももっとも混乱が少なくて済む沙汰を下すに違いない。

「お父様のしたことは正しくはないけれど、家と領民を守る貴族としては間違ってもいないのよね」

マリスがぽつりと呟《つぶや》いた。

「エルリーの存在が公になっていたら、『闇の魔力の持ち主の血縁』として、私も迫害されていたかもしれないもの」

それぐらい、この国では闇の魔力が忌避されているのだ。アルムも初めて実感した。闇の魔導師が悪いことをするから恐れられているのだと思っていたが、レイクが言っていたように闇の魔力の持ち主が周りから見下され追いつめられた末に闇の魔導師になってしまうのだ、と。

「私、このままでいいのかしら？　二年間とはいえオスカー様に責任を押しつけて、アルム達にエルリーの面倒をみさせて、何もなかったみたいにここで暮らしていけるのかな」

尋ねるような口調のマリスだが、アルムの答えを求めているわけではなさそうだった。自問自答のような雰囲気だ。

「マリスはどうしたいの？」

アルムが質問すると、マリスはうつむいた。

「……何ができるんだろう。私に」

少しの沈黙の後で、マリスが口を開く。

「私に力や知識があれば、エルリーのためにできることがあったかもしれないのに。私には何もない……」

（ものすごく落ち込んでいる！）

思った以上に鬱々《うつうつ》としているマリスをどうやったら元気にできるのか、アルムは困り果ててエルリーの寝顔を眺めた。

（美味《おい》しい果物《くだもの》か綺麗な花をあげたら元気になるかな？　……いやいや、伯爵令嬢のマリスがそんなもので喜ぶわけないか。でも、他に私にできることなんて……）

しかし、このままマリスを置いて王都へ帰るのも忍びない。

（えーと……あ、そうだ。そういえば）

「マリス」

あることを思い出して、アルムはマリスに声をかけた。マリスがのろのろと顔を上げてアルムを見る。アルムは勢いのままに言った。

「私と、友達、になってください」

マリスの目が丸く見開かれた。

「……え？　なんで今、このタイミングで？」

「なんかいろいろあって忘れてて……」

アルムはぽりぽり頭を掻《か》いた。

「私も、知らないことやできないことばっかりで、不安になる時があるの。そういう時に相談できる友達がいればなあって思って……」

「いや。アルムは魔力でなんでもできるでしょ！」

「いやいや。魔力でできること以外はなんにもできないんだもん！　マリスの方が明るくてはきはきしていてなんでもできそう……」

「いやいやいや。アルムは私を宙に浮かしたり、幽霊を吹っ飛ばしたり、大活躍だったでしょ！」

「いやいやいやいや。エルリーの心に訴えかけて幽霊から引き離したのはマリスだし！」

「いやいやいやいやいや！」

「いやいやいやいやいやいやいや！」

互いに謙遜《けんそん》し合った末に、アルムとマリスは顔を見合わせて「ぷっ」と吹き出した。

＊＊＊

翌日、ヨハネスとキサラは一足先に王都へ帰った。エルリーを大神殿で受け入れるために書類を作ったり根回しが必要らしい。

ヨハネスはアルムと一緒にいたがったが、キサラに光魔法で拘束されて馬車に詰め込まれていた。

「アルム～！」

「あぅ……あーるぅ、ないない」

馬車の窓から未練がましく顔を出すヨハネスに向かって、エルリーが小さく手を振った。

「バイバイ、だぞ。エルリー」

「ないない」

手を振る仕草をエルリーに教えたガードナーが「はっはっはっ」と豪快に笑う。

エルリーはだいぶ人に慣れてきたなあと思いながら眺めていると、アルムの隣にいたマリスが意を決したようにガードナーに話しかけた。

「あのっ、ガードナー殿下！」

「ん？」

エルリーを肩車したガードナーが振り向く。

「私を、王都で働かせてもらえませんか？」

「マリス？　何を言っている！」

ジューゼ伯爵が慌てて止めようとしたが、マリスは父親にかまわず懸命に訴える。

「私だけ何もせずに置いていかれるのは嫌なんです！　私も役に立ちたい。エルリーの従姉妹として……アルムの友達として！」

「マリス……」

アルムはマリスの横に立って、一緒に頭を下げた。

「私からもお願いします！　マリスのお願いを聞いてあげてください！」

友達のために何かするというのは、アルムには初めての経験だった。なんだか胸の奥がうずうずする。

「ふぅむ……」

「ガ、ガードナー殿下。娘の言うことは気になさらず……」

ガードナーは顎《あご》に手を当てて思案していた。

「そう言うことなら……あるぞ。大神殿での仕事」

「本当ですか⁉」

マリスがぱっと顔を上げた。

「ただし、その仕事に就くためには試験に合格せねばならん」

「試験……」

「うむ。次の試験は半年後だったかな」

「そ、その試験って……」

ガードナーが人差し指を立てて言った。

「大神殿の『神官職試験』だ」

「え？」

アルムはマリスと目を見合わせた。

「それって、男しか受けられないんじゃあ……」

神官になれるのは男だけと決まっている。女には受験資格も与えられないはずだ。

「そうだ。だが、ワイオネルが国王代理になってから、少しずつ変革が起きていてな。次の試験からは女性も受験可能になる。まだ正式に発表されていないから内緒だぞ」

「ガードナー殿下はなんで知ってるんですか？」

「筋肉推進のための書類を持っていった時に、クレンドールがちょうどそれ関係の書類にサインしていたのを見たからな！」

アルムの質問に、ガードナーは胸を張って答えた。

この国では聖女信仰が強く、聖女の特別性を高めるために聖女以外の女性は神官職に就けない。ずっとそうされてきた。

だが、それはおかしいと不満に思う声も少なくなかったのだ。

「どうだ。この国初の女性神官になる気はあるか？」

アルムは神官服を着たマリスを想像してみた。

(カッコいいかもしれない……!)

アルムは思わずきらきらした目でマリスを見た。期待のまなざしを向けられたマリスが「うっ」と呻く。

「で、でも、神官って光の魔力がないとなれないのでは……?」

「魔力は必須じゃないよ! 大神殿にも魔力のない神官はたくさんいた!」

「魔力を必須にすると、男よりも女の方が魔力量が多いのに女は神官になれないという、かなり変な話になるからだろうな。まあとにかく、魔力はなくても神官にはなれる」

アルムとガードナーにそう言われて、マリスはおどおどと目を泳がせた後で「ぐっ」と拳を握って深く息を吸い込んだ。そして、力強い言葉と共に吐き出した。

「……受けます、試験!」

「マリス! 馬鹿なことを言うな!」

「お父様。私が神官になれば、きっとエルリーのためにできることもあるはずだわ」

マリスは覚悟を決めた表情で言った。

「マリスっ……」

「あなた。マリスの好きにさせましょう」

まだ納得いかない伯爵を夫人が止めた。

「では、半年間死ぬ気で勉強するんだな。大神殿の神官になるのは並大抵ではないぞ」

「はい！」

「うむ！　脳も一種の筋肉だ！　鍛えれば鍛えただけ力となってくれる！　筋肉を信じろ！」

「イエッサー！」

マリスがびしっと敬礼した。

＊＊＊

「じゃあマリス、半年後に会おうね！」

「うん！　死ぬ気で頑張る！」

そんな約束を交わして、アルムはジューゼ伯爵領を後にした。

マリスの子供の頃の服をもらったエルリーの背中には、アルムが書いた護符が貼られている。アルムお手製の護符なら一枚でも十分に効果があるようだ。今までの全身を覆《おお》う護符から解放されて違和感があるのか、エルリーはしきりにぱたぱた手足を動かしていた。

行きと同様に少し浮いたまま進む馬車の上には、空に浮かんだベンチがついてくる。

何事もなく順調に王都にたどり着き、アルムとエルリーは男爵家で降ろされ、ガードナーは王宮へ帰っていった。

「またなアルム！　腹筋を割りたくなったらいつでも相談に来い！」

「割りたくないので大丈夫です！」

「ないない」

エルリーはガードナーに向けて小さく手を振っていた。


そんなこんなで帰り着いたダンリーク家ではキサラ、メルセデス、ミーガンの三人が待っていた。

「おかえりアルム！」

「皆様……どうしてここに？」

「エルリーを迎えにきたのよ」

アルムの到着を知ったウィレムも三人の聖女の後ろから顔を覗かせた。

「おかえり、アルム」

「ただいま、お兄様！　えっと、それで、この子がエルリー。エルリー・キラノードです！」

「えぅ……エルリー……キアノーロれしゅ……」

馬車の中で練習していたオスカーの姓を借りた挨拶《あいさつ》を披露すると、メルセデスとミーガンが歓声をあげた。

「可愛い～っ！」

「ご挨拶できて偉いわ！」

エルリーを囲んできゃあきゃあはしゃぐ三人の横で、ウィレムはアルムの顔を覗き込んだ。

「疲れていないか？　初めての遠出はどうだった？」

「はい。……友達ができました！　お兄様は何をして過ごしていたんですか？」

兄が少しやつれているような気がして、アルムは首を傾げた。

「いやあなに、『父兄会』の活動で忙しくてな……すごい方々だ。やはり高位貴族は覚悟が違うな」

「？」

「そうそう。例の茶会はなしになったぞ。宰相が急に忙しくなったらしくてな。なんでも自宅に連日不幸の手紙が届いたり覚えのない出前が届いたり大量の黒猫が横切ったり夜中に天井裏《てんじょう》から笑い声が聞こえたりして大変らしい」

「お兄様、手の甲《こう》に傷が……」

「ああ。猫を捕《つか》まえた時にちょっとな。ノルマが一人三匹で……」


「うわあーっ！　瘴気だ!!」

突如《とつじょ》として、ウィレムの言葉を遮るように叫《さけ》び声《ごえ》が響いた。

「旦那様《だんなさま》！　今度は何しでかしたんです!?」

「骨董品の壷を誤って割ってしまったら中から瘴気が噴き出して……」

「だから、怪しいものを買うんじゃない!!」

使用人が主人をとっちめる声が聞こえてくる。

エルリーが原因ではなく、近所の家の主人の骨董好きが原因のようだ。

一軒の家を包んでいた瘴気が、エルリーの存在に引き寄せられたのか、ダンリーク家に向かってくる。


「お兄様とお話ししてるのに……邪魔っ！」


アルムが放った光があっさりと瘴気を浄化した。

「おお！　アルム様！」

「聖女アルム様がやってくれた！」

「さすが聖女アルム様だ！」

『聖女様！　聖女様！』

いつかの夜と同じように、『聖女様』コールが巻き起こる。


「もう……うるさいってばーっ!!」

鳴り止《や》まない声にキレたアルムが怒鳴ると同時に、どこからともなく伸びてきた太い木の根が騒いでいた人々の体に巻きつき、捕まえた人々をそれぞれの家にぽいぽい放《ほう》り込んだ。

＊＊＊

「やっぱりお家が一番落ち着くなあ」

寝台に乗っかって、アルムは独《ひと》りごちた。

生まれて初めて王都から出て、今まで知らなかったことを知ったし、友達もできた。

「私にも友達を作ることができたんだ……！」

なんだかんだで、「友達を作る」「枕《まくら》を手に入れる」という二つの目標を両方とも叶《かな》えることができた。アルムは満足して寝台に横になった。

「うふふ。ふわふわだ～……すやぁ」

王都の中央部、貴族の住まう区域にある一軒の屋敷にて。

大いなる力を持った元聖女アルム・ダンリークは、ふわふわの枕に包まれて健《すこ》やかな眠りに就いたのだった。

完

番外編

インタビュー・ヴィズ・バカップル

これまでの人生で、エルリーが知っていたのは「エルリー」という自分の名前だけだった。

奇妙な紙が壁一面に貼《は》られた小屋から出ることができるのはごくわずかな時間、小屋を訪れた男に手を引かれて小屋の周りを歩く時だけだった。

それがある日を境に一変した。

小屋から離れた知らない場所で夜を過ごし、次から次へ知らない顔が現れ、エルリーは混乱した。

怯《おび》えるエルリーに優しく微笑《ほほえ》んで手を伸ばしたのは、紫《むらさき》の瞳《ひとみ》の少女だった。

その少女に連れられて信じられないほどたくさんの人がいる場所にやってきて、エルリーは「エルリー・キラノード」になった。

＊＊＊

とうとう来てしまった。因縁《いんねん》の場所に。

「ふうぅぅ～」

大神殿の前に立ったアルムは深く息を吐いて心を落ち着けようとした。

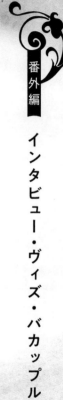

（平気平気。私はエルリーに会いにきただけ。まっすぐ行ってエルリーが元気にしているのを見て何事もなく家に帰る。よし！）

アルムは決意と共に足を一歩踏み出した。

「少し遅くなっちまったな。それじゃあ、俺《おれ》は王宮へ行ってくる。戻りは午後になるが、あの聖女どもに『俺がいない間に妙な罠《わな》を仕掛けるな』と伝え――」

アルムが踏み出すと同時に大神殿の正面入り口から出てきた神官と、ばったりと顔を合わせた。

「ア……」

名を呼ばれるより一瞬早く、アルムは自分の周りに結界を張っていた。

相手から見えないように、黒い壁の、球形の結界を。

大神殿の入り口に、突如《とつじょ》巨大な黒い球が出現した。

さらに、アルムの動揺が形となって現れる。ギャンッ、と音を立てて、黒い球体から放射状に鋭い突起が飛び出した。

周囲の者の目には、少女がいたはずの場所に巨大なウニが出現したように見えた。

ヨハネスを前にした時にアルムが無意識に発動する自己防御結界。通称『ウニ』。

その名の通り、ウニの形状の結界内に閉じこもって脅威から身を守る技だが、それを知らない者にとっては何が起きたかわからないのも無理はない

「なんだ⁉　突然ウニが現れたぞ⁉」

「なんでウニが⁉」

「でかいな！」


大神殿で働く従者や見習い達がウニを見て騒ぎ出した。

戸惑う人々の前でウニはごろごろ転がり出し、大神殿の廊下を奥へ向かって転がり遠ざかっていく。

「ああっ！　逃げる逃げるウニが逃げる！」

「大神殿にウニが侵入したぞ！」

周りで見ていた者達が叫《さけ》ぶ。

「ヨハネス殿下！　ご無事ですか？」

ウニにはね飛ばされて尻餅《しりもち》をついたヨハネスを従者が助け起こす。

「今のウニはいったい⁉　大神殿の中に侵入されました！　すぐに追わないと！」

「いや、大丈夫……あのウニは気にしなくていい」

「今のウニに心当たりがあるんですか？」

「心当たりというか……いや、ウニに心当たりがあるんじゃなくて……まあ、ウニになる理由に心当たりがあるようなないようなあるような……」

ヨハネスははっきりしない言い方でもごもごと口を動かすことしかできなかった。

＊＊＊

「可愛《かわい》い～っ！」

「こっちの色もいいわね！」

「次はこれを着てみて！」

キサラ、メルセデス、ミーガンの三人は、実家から取り寄せた己《おのれ》の小さい頃のドレスをエルリーに着せて楽しんでいた。

付き人は聖女の身の回りの世話をするのが仕事であるが、エルリーはまだ四歳。聖女達の癒《いや》しとなるのが仕事だと認識されている。

「そろそろアルムが来る頃かしら？」

パワハラに耐えかねて飛び出して以来、アルムが大神殿を訪れるのは初めてだ。

「ヨハネス殿下は午前中は王宮へ行くと言っていたから大丈夫でしょう」

「念のためこの部屋に結界を張っておきましょうか？」

「お茶の準備もしなくちゃ」

三人があれこれ動き出そうとしたその時、扉の向こうから何かが激しく転がるような音が近づいてきた。

三人がその音に気づいたのとほぼ同時に、扉を突き破《やぶ》ってウニが転がり込んできた。

突然室内に巨大なウニが転がり込んでくるという異常事態にもかかわらず、三人はその原因と理由をほぼ正確に把握したのだった。

＊＊＊

「ごめんなさいぃ～」

破壊した扉を前にして、ウニ状態を解除したアルムは床に膝《ひざ》をついてべそをかいていた。

「別に扉くらいはかまわないのだけれど……」

キサラは片頬《ほお》に手を当てて首を傾《かし》げた。

「ジューゼ領では割と普通にヨハネス殿下と話していたと思ったけれど……？」

先日、アルムがジューゼ領を訪れているという情報を得たヨハネスが追いかけていくというストーカー案件があったのだが、ジューゼ領で再会した時、アルムはヨハネスと会話ができていた。

まあ、状況が状況だったのでウニになっている場合じゃなかっただけかもしれないが。

「そうなんですよね……。あの時はエルリーのことで頭がいっぱいだったから、ヨハネス殿下とも会話ができたのかも」

アルムもジューゼ領での出来事を思い出しながら首をひねった。

「あーるぅ」

エルリーがちょこちょこと歩いてきて床に座り込むアルムの腕にくっついた。

「エルリー、大神殿の暮らしはどう？」

アルムは微笑んでエルリーの頭を撫《な》でた。

エルリーは胸に小さな薔薇《ばら》のコサージュが付いた緑のドレスを着て、小さな手にはアルムの魔力で作られた魔石を加工した指輪をしている。エルリーに異変があれば指輪を通じてアルムに伝わるようになっている。

金色の髪もつややかになり、緑の瞳もぱっちり鮮《あざ》やかで、どこから見ても立派な貴族の令嬢だ。

「侯爵家と伯爵家の血を引いているだけあって、エルリーには気品があるわね」

「魔力さえなんとかできれば、いいところにお嫁にいけるわよ」

メルセデスとミーガンが口々に言う。


膝に乗ってきたエルリーを抱っこしながら、アルムは思案した。

エルリーに会うために、アルムはこれからも定期的に大神殿に通わなければならない。当然、ヨハネスと出くわす可能性も高い。

毎回ウニになって扉を破壊するわけにはいかないし、定期的にウニが転がる大神殿なんて他の神官や見習い達も嫌だろう。きっと。


「うーん……もしかして、大神殿でヨハネス殿下に会うのが苦手《にがて》なのかもしれないです」


ジューゼ領でヨハネスと会話できた理由を考えるに、そこが『大神殿ではなかったから』というのが真っ先に思い浮かんだ。

アルムがヨハネスに酷使されたのは大神殿で聖女をやっていた頃のことだ。つまり、大神殿とヨハネスという組み合わせが、嫌な記憶を思い起こさせ、体が拒絶反応を示すのだ。

「なるほど。それなら納得できるわね」

キサラも頷《うなず》いた。

「じゃあ、ヨハネス殿下が大神殿にいなければいいんですね」

「辞職を勧めてみる?」

聖女から辞職を勧められそうになっている神官兼第七王子。

「いくらなんでもそんな理由で辞められたら困るわ。あれでも一応、特級神官よ」

キサラが髪をふわりと流して言う。

大神殿の神官となるには『神官職試験』に合格する必要があるのだが、試験には特級・上級・中級・初級と四段階ある。通常は初級に合格して見習い神官として働きながら中級を受けて……と段階を上げていくのだが、ヨハネスは最年少で特級一発合格した逸材なのだ。とっても優秀なのである。恋愛方面の情緒は残念だが。


「うう……でも、私はエルリーのために、頑張って『大神殿のヨハネス殿下』を克服します!」

アルムは決意を込めて宣言した。

そんなアルムを、エルリーはじっとみつめていた。

＊＊＊

アルムにウニ化されたヨハネスはそこそこショックを受けていた。

（何故《なぜ》だ？　ジューゼ領では仲良く幽霊に立ち向かったというのに……）

ウニ化されなかっただけで、仲良くしていた事実はどこにもないのだが、記憶というものはたいていの場合都合よく改竄《かいざん》されるものである。

急いで王宮へ行かなければならなかったためウニを追いかけることもできず、大神殿に戻った時にはもうアルムは帰宅していた。

「それで、アルムは次はいつ大神殿に来るんだ？」

アルムに会えなかった悔《くや》しさをまぎらせるため、ヨハネスは執務室に呼び出した聖女達から次のアルム訪問日を聞き出そうとした。

「ここぞと他人の予定をかぎ回るだなんて、不埒《ふらち》な行いですわよ」

「教えたら偶然を装って会おうとするに違いありませんわ」

「何食わぬ顔で、廊下の曲がり角でぶつかったふりとかするつもりなんだわ」

「？」

一緒についてきたエルリーがキサラ達を見上げて目をぱちくりさせた。

「というか、アルムが大神殿に来ている時は邪魔《じゃま》しないでくださいませ」

キサラは「ふう」と息を吐いて、ヨハネスにアルムが『大神殿でヨハネスに会う』ことがトラウマなのだと教えてやった。

「今、アルムはエルリーのために嫌な記憶のある場所に通おうとしているんです。そんな健気《けなげ》な少女を追いつめるような真似《まね》はおやめください」

「健気……俺を見てもウニ化しないように頑張っているということは、俺のために頑張っているということにもなるのでは……」

「ないない」

ヨハネスが妄言《もうげん》を吐いたタイミングでエルリーがヨハネスに向かって小さく手を振った。

＊＊＊

一方その頃《ころ》、帰宅したアルムは庭のベンチに寝転がって悩んでいた。

「克服するって言っても、どうしたらいいんだろう?」

荒療治だと「慣れるまで待つ」という方法もあるが、それまでにいくつの扉を破壊しなければならないのかと思うと気が進まない。『時々出没する迷惑なウニ』と思われるのも嫌だ。

「何かいい方法はないかなあ?」

「アルム様、何かお悩みですか?」

うだうだしていると、お茶を運んできたミラが声をかけてくれた。

「苦手な人を見ても取り乱さないようになりたいの」

アルムが正直に打ち明けると、ミラは少し思案して言った。

「昔は苦手だった人のことが今は苦手じゃなくなったという人に、どうして苦手じゃなくなったのか切っ掛けと理由を聞けたら参考になるかもしれませんね」

＊＊＊

「聖女アルム！　会えて嬉《うれ》しいよ。私が真実の愛に気づけたのは君のおかげだ！」

「あなたがアルムさんね。その節はわたくしの殿下がお世話に……きゃっ。わたくしの、だなんてはしたないわ！　ついうっかり」

「何を照れる？　ビアンカ、僕が君のものなのは当然じゃないか！　もっと堂々と主張していいんだよ！」

「殿下……」


数日後、アルムは何故か男爵家の庭にバカップルを迎えていた。

何故こうなったのかというと、ミラのアドバイスに従い『昔は苦手だった人のことが今は苦手じゃなくなったという人』から話を聞いてみようと思い立ったアルムがキサラに「そういう人を知らないか」と相談した結果だ。

どういう風に話が回り回ったのか知らないが、第一王子ヴェンデルとその婚約者ロネーカ公爵令嬢ビアンカがアルムを訪ねてきた。

「えー と……お二人はとっても仲が良さそうに見えますけれど……」

「ふっ。聖女の目は誤魔化《ごまか》せないな。僕のビアンカへの愛がこの身からあふれ出ていることが一目でわかってしまったようだね」

「まあ、殿下ったら！　それを言うなら私の方が殿下への愛が常に辺りへ流れ出ていて、誰《だれ》の目にも明らかなほどですわ」

「ビアンカ！」

「殿下！」

帰っていいかな。

ここは自分の家だというのに、そんな想《おも》いが一瞬アルムの脳裏をよぎった。

「……昔は相手のことが苦手だった人から話が聞きたかったんですが、何かの手違いでバカップルが来てしまったみたいですね。お引き取りください」

「いやいや、今はこんなに相思相愛な私達だが、昔は互いに嫌い合っていたんだ。今の私はビアンカ一筋だが」

「ええ。婚約したばかりの頃は犬猿《けんえん》の仲でしたわ。今のわたくしは殿下しか見ていませんけれど」

ヴェンデルとビアンカがそんなことを言う。アルムはにわかには信じられなかった。

「ビアンカは私のことを『浮気性《うわき》で見た目以外に取り柄のない王子の価値0の愚物《ぐぶつ》』と思っていた

だろうし」

「殿下はわたくしのことを『頭でっかちで身分が高いだけで可愛いげのないつまらない女』と思っていたでしょうから」

二人はそう言って微笑み合った。

「そんな私達が深く愛し合うようになったのは、あの日、聖女アルムの奇跡によって——」


「——食らえっ!!」


突如、ヴェンデルの言葉を遮《さえぎ》って、走り出てきた何者かがビアンカに向けて何かを投げつけてきた。

「きゃっ……」

「ビアンカ!」

よろめいたビアンカをヴェンデルが支える。

「あははは!　いい気味よ!」

「お前は……っ、アリアナ!」

「そうよ!　あなたの恋人番号31のアリアナよ!」

「いや、多いな」

アルムは思わず突っ込んだ。

先ほど浮気性と言っていたが、少なくとも31人以上の恋人がいたのか。そりゃ最低だと嫌われて当たり前だ。

「というか、よくそこから浮上できましたね？」

いったい何があったら31人以上の女と浮気する男が婚約者一筋になり、婚約者から深く愛されるようになれるのか。愛って不思議。

「そうよ、ヴェンデル様！　あなたにはこんな女ふさわしくないわ！　昔のあなたに戻ってちょうだい！」

「なんということだ……愚《おろ》かだった私がまいた種か。ビアンカ、すまない……」

「殿下、わたくしは平気です……」

己の過去を悔《く》やむヴェンデルの手に、ビアンカがそっと手を重ねた。

「アリアナ、君達にはすまないことをした。私が愚かだったんだ。だが、私は生まれ変わった。もう以前の私には戻れない」

ヴェンデルが静かに、だが力強く言った。

（ちょっと待って。31人ってことは、日替わりで会っていたら月によっては一人あぶれない？）

アルムは心の中で疑問を浮かべた。

「こんな女にたぶらかされるだなんてヴェンデル様らしくないわ！　悪い術でもかけられているんでしょう！　そうに違いないわ！」

アリアナが金切《かなぎ》り声をあげる。

（それとも一度に二、三人と会っていたの？　いや、午前と午後で分ければ一日に二人と会えるから、それなら……）

アルムは心の中でスケジュールを組み立てた。

「アリアナ、さん？　あなたも殿下を愛しているのね……でも、ごめんなさい。わたくし達は真実の愛を知ってしまったの！」

ビアンカが苦しげに叫ぶ。

（スケジュール管理がすごく面倒くさそう。ダブルブッキングとか一度もなかったの？）

アルムは心の中で修羅場を想像した。

名前を呼び間違えて「誰よその女⁉」という展開もありそうだな、とアルムが考えていると、ビアンカが胸を押さえて「ううっ」と呻《うめ》いた。

「どうした、ビアンカ！」

「ほーほっほっほっ！　私があんたにぶつけたのはこの呪具《じゅぐ》に入れていた豆よ！　この呪具に入れた豆をぶつけられた者は毎日年齢の数だけ豆を食べないと死んでしまうのよ！　食べすぎて飽きればいいんだわ！」

「何、その絶妙にたちの悪い呪具」

アリアナが持っている小さな箱のようなものからは確かに少量の瘴気《しょうき》が漂っている。その呪具を作った闇《やみ》の魔導師はそれ作った時に何か嫌なことでもあったんだろうか。

「わたくしは呪われてしまった……申し訳ありません、殿下。わたくしはもう殿下のおそばにはいられない……」

「何を言う、ビアンカ！　君だけを苦しませはしない！　私も毎日年齢の数だけ豆を食べよう！」

「いけません！　わたくしなどのためにそのような……」

「んもー！　びあんきゃってば、僕はびあんきゃがいないとダメって知ってくるくせに、いじわるばっかり～！」

突然、ヴェンデルの口調が変わった。

「呪われたくらいで僕から離れようとするなんて、ぷんぷんだよ！　僕、怒っちゃったからね！ぷんぷん！」

「まあ、殿下ったら。そんなにむくれないで」

「びあんきゃが悪いんだもん！　僕、悪くないもん！」

「お許しください、殿下。ね？　ご機嫌を直して」

「膝枕《ひざまくら》してくれないと許さないじょ～！」

「んも～、困ったさんなんだから～」

何が起こったのだろう。

何故か幼児のような言動になったヴェンデルと、彼を普通に受け入れているビアンカ。

アルムには何が起きているのかまったく理解できなかったが、アリアナにはわかったのか顔を青くして震えている。


「こんなっ……まさか、ヴェンデル様がオギャるタイプの男性だっただなんて！」


（オギャるって何⁉）

聞き覚えのない言葉に戸惑うアルムを残して、アリアナは身を翻《ひるがえ》して逃げていった。

「ヴェンデル様はあなたにあげるわよ！　私はママにはなれないわーっ！」

という叫びを残して。

突然始まった愛憎劇がまったく理解できない終わり方で幕を下ろしたため、アルムはぽかんとアリアナが去った方向を眺めた。

やり方は間違っているとはいえ、アリアナは男爵家の庭に乗り込んで公爵令嬢に呪具をぶつけてしまうほどにヴェンデルを愛していたのではなかったか。にもかかわらず、その心が一瞬で変わってしまったのはどういうわけだろう。

(愛していたのに、今の一瞬で苦手になったってこと?)

人の心の移ろいやすさを目の当《まあ》たりにして、アルムは不思議な気分になった。

嫌いだった人を愛することもあれば好きだった人が苦手になることもあるということを初めて知ったアルムだったが、同時にヴェンデルとビアンカのケースは自分の参考にはならないと気づいた。

彼らは苦手を克服したのではなく、ただ愛が芽生《めば》えただけなのだ。

「びあんきゃには僕がお豆さんを食べさせてあげる〜」

「じゃあ、わたくしも殿下にあーんして食べさせてあげますわぁ」

愛し合う二人はたいへん仲睦まじい姿を見せているが、胸焼けがしてきたのでそろそろ帰ってもらいたい。

「あのぉ、今日は来てくださってありがとうございました。豆の呪いは解きますので、安心して帰ってくださ……」

「びあんきゃのために最高級の豆を厳選して取り寄せるから褒《ほ》めてほぴ〜」

「まあ、困ったわ。わたくし、豆に嫉妬《しっと》してしまいそう! 殿下に選ばれるだなんて……それに、豆をみつめている間はわたくしのことを見てくださらないのね……」

「ぶー！　びあんきゃってば、お馬鹿《ばか》さんだな〜。僕がどんな想いで豆をみつめると思うの？」

「え……？」

「びあんきゃに食べてもらえる豆に、僕の愛をたっぷり込めるためだよ！」

「まあ……！」

「うふふ。一粒ずつゆっくり飲み込んで。僕の愛が詰まった豆を……」

「そんな……いけないわっ！　そんな愛を年齢の数だけ食べてしまったら、わたくし……っ」

アルムはとりあえず目の前でイチャつく二人に浄化の光を浴びせて呪いを消し去り、ついでに庭の外に吹っ飛ばしておいた。

＊＊＊

「ということがあったんですよ」

「……そう。大変だったわね」

大神殿の庭でお茶を飲みながらアルムが先日の出来事を語ると、キサラは沈痛な面持ちで目を伏せた。アルムの膝の上に座ったエルリーはあむあむとクッキーを食べている。

「真実の愛って、よくわからないですね……」

「アルム。愛にはいろいろな形があるのよ。彼らの愛だけが真実の愛だと思っては駄目《だめ》よ」

こんなことでアルムの愛の認識が歪《ゆが》んだら困る。キサラは声に力を込めて言った。

「まあ、私は大神殿でヨハネス殿下に会っても動揺しないようになりたいだけで、愛は関係ないので参考にはならなかったんですけどね」

アルムは溜《た》め息《いき》を吐《つ》いた。

「苦手な人と仲良くなった経験じゃなくて、苦手な上司を克服する方法を募集すればよかったんでしょうか？」

「アルムが苦手な相手に立ち向かおうとするのは立派だし、協力したいのだけれども……」

キサラも眉《まゆ》を下げて小首を傾げる。

ヨハネスがアルムに近づこうとするのは邪魔するが、アルムが自《みず》ら成長しようとするのを止めるつもりはない。

「でも、焦《あせ》る必要はないんじゃないかしら」

「そうよ。ゆっくりでいいのよ」

「克服しようと思うだけでも立派よ」

メルセデスとミーガンも優しくそう言ってアルムを甘やかす。

「うーん。でも……」

「あーるぅ、クッキーないないなのー」

「ん？」

アルムの膝の上でおとなしくクッキーを食べていたエルリーが急に身をよじって膝から降りた。

テーブルの上のクッキー皿が空になったようだ。

「もらってくるー」

エルリーがぱたぱたと駆けていく。

「最近は頼んだものを運ぶ仕事ができるようになったのよ。私達の仕事中は他の付き人と一緒に働いているわ」

「言葉も喋《しゃべ》るようになってきたわね」

「魔力が暴走する気配もないし、皆、普通の可愛い子だと思ってるわよ」

キサラ達の言葉に、アルムはエルリーを連れてきたのは間違っていなかったとほっと胸を撫で下ろした。

人を怖がることもなくなって、魔力も落ち着いている。

「エルリーも頑張っているのね。私も頑張ろう」

アルムは拳《こぶし》をぐっと握って決意を新たにした。

＊＊＊

厨房で新しいクッキーをもらい、エルリーはえっちらおっちら庭までの道のりを歩いていた。

曲がり角にさしかかった時、エルリーはふと何かの気配を感じた。エルリーが通ってきたのとは反対の廊下から、ずる……、ずる……、と何かを引きずるような音が聞こえ、何か白いものが床をのたうつように這いずってくる。

「はあ……はあ……あの聖女ども、ふざけやがって」

それは三連に連なった光の輪で動きを封じられたヨハネスだった。

「王族に気軽に光魔法を使いやがって……神は何故あんな連中に光の魔力を与えたんだ……」

エルリーはちょっと首を傾げると、そちらへ歩み寄った。

「いつか目にもの見せてくれる……ん?」

「よーねるでんか」

エルリーはヨハネスの傍《かたわ》らに立って緑色の瞳でヨハネスを見下ろした。

「エルリーか……心配するな。この光の輪はたぶんそろそろ効力が切れて消えるから。俺は慣れてるから平気だ」

こんな状態に慣れるのもどうかと思うが、心配させないようにヨハネスはエルリーに笑いかけた。

「お前はあの聖女どもみたいになるなよ。アルムみたいに皆から愛される少女になれ」

「よーねるでんか……あーるぅ、しゅき?」

エルリーはまっすぐにヨハネスに問いかけた。ヨハネスはきょとりと目を丸くした。

「あーるぅ、しゅき？」

「……ああ。好きだよ」

幼い子供の純粋な問いに、ヨハネスは思わず正直に答えていた。

「エルリー、あーるぅ、しゅき。いっしょ！」

エルリーがにっこり笑った。

嘲笑ではなく心からの笑顔を向けられて、ヨハネスはそのまぶしさにぎゅっと目を細めた。

（一緒、か……エルリーと仲良くなれば、アルムの警戒心も薄れるか？　エルリーを可愛がるアルムに俺が寄り添えば……幸せな家族の光景みたいだな。うん、愛らしい子の成長を見守る俺とアルム……ふ、夫婦みたいでいいな！）

「よこしまな気配！！」

幸せな光景を想像してにまにまするヨハネスの側頭部に、不穏な気配を察知して庭から駆けつけたキサラが放った光の球が直撃した。

＊＊＊

これまでの人生で、エルリーが知っていたのは「エルリー」という自分の名前だけだった。

だが、ある日を境にそれが一変した。

「あーるぅ、まりしゅ、きありゃしゃま、めーせれすしゃま、みーぎゃんしゃま、よーねるでんか……」

呼べる名前が増えて、皆もエルリーの名前を呼んでくれる。
ひとりぼっちで森の小屋にいた時は、夜が——闇が怖かった。
でも今は夜も闇も怖くない。だって、光があるから。
光があれば闇があるのも当然のことなのだ。
光にあふれる庭に、草葉の陰があるように。

「あーるぅ～!」

エルリーはまぶしい光にあふれる庭に飛び出し、光り輝く少女に駆け寄っていった。

完

番外編

兄と妹

アルムが週に一、二度ほど大神殿に通うようになった。

旅先で出会った小さな女の子を連れて帰ってきたアルムは、巨大な闇《やみ》の魔力を持つその子が不自由なく暮らせるように協力したいと考えているのだ。

(俺《おれ》の妹は心の中まで聖《きよ》らかだな)

妹の帰りを待ちながら、ウィレムはそう考えてひとりで頷《うなず》いていた。

アルム自身、とんでもない魔力を持って生まれてきて、そのせいでパワハラ野郎にブラック労働を強いられた過去に苦しんでいる。それなのに、トラウマの残る場所に自《みずか》ら足を運んで幼い子供の力になろうとするアルムの健気《けなげ》さに胸がじんとする。

しかし、そんなアルムの優しさにつけ込もうとする外道な輩《やから》が存在することも事実だ。聖女達のサポートもあって天敵のパワハラ王子とは出くわさずに済むことが多いようだが、心配なことには変わりがない。

「こういう時、『父兄会』の存在はありがたいな……」

『聖女父兄会』は聖女となった娘に不埒《ふらち》な輩が近づかないようにそっと見守ることを目的とした組織だ。その存在は聖女の父兄しか知らない。

アルムはすでに聖女を辞めた身だが、厄介《やっかい》な神官にいまだ執着されているということでウィレムも『父兄会』に所属することを許された。大神殿でのアルムの様子などを秘密裏に報《しら》せてくれる。

「こんなことなら、アルムが現役《げんえき》で聖女だった時に所属しておけばよかった……」

執務室の椅子《いす》に座って窓の外を眺めたウィレムは、アルムが聖女になった直後に届いた『聖女父兄会』からの手紙をよく読まずに送り返したことを悔《く》やんだ。

あの頃は、聖女となった妹に自分がかかわってはいけないと思い込んでいたのだ。

たぐいまれな光の魔力を持つ妹は、聖女となって大神殿で静かに暮らし、やがてはどこか高位貴族に望まれて嫁に行くだろう。その際に、ダンリーク男爵家が足枷《あしかせ》になってはならない。

そんな想《おも》いから、『ダンリーク男爵家は聖女アルムとかかわらない』という姿勢を貫いてきた。

結局、そのせいでアルムにいらぬ苦労をさせる結果となってしまい、ウィレムは己《おのれ》の浅はかさを思い知った。

「それでも、あの時はそれが最善だと思ったんだがなあ……」

目を閉じたウィレムの脳裏に、十五年前——十歳の頃の記憶が蘇《よみがえ》ってきた。

＊＊＊

「やれやれ。やっと抜け出せたな」

侍女の目を盗んでようやくのことで男爵家から抜け出したウィレムは、脱出の片棒を担《かつ》いだ傍《かたわ》らの執事に話しかけた。

「よし。妹を見に行くぞ」

別邸に住む父の愛人が娘を産んだ。ウィレムの異母妹だ。

それを聞いた時からウィレムはずっと「妹を見に行きたい」と思っていたのだが、男爵夫人である母が許してくれなかったのだ。

普段から愛人のことで父と喧嘩《けんか》ばかりの母はウィレムにも「男爵家の嫡男《ちゃくなん》であるお前はあんな下賤《げせん》の女にかかわってはいけません」と金切《かなぎ》り声をあげる。そうは言われても、ウィレムは妹を見てみたいだけで、父の愛人に会いたいわけではない。

今日はやっと母が外出したので、こっそり家を抜け出したのだ。

「妹の名前はなんていうんだ？」

「アルム様、でございますよ」

歩きながら執事のマークに尋ねて妹の名前を教えてもらう。

「妹ってどんな感じなんだ？　大きさは？　重いのか？　俺でも持てるかな？」

赤ん坊を見たことがないウィレムは好奇心でいっぱいだった。マークにあれこれ質問しながら歩いて、平民街にある別邸に向かう。

やがて目的の家に到着したウィレムは、小さな家を眺めて首を傾《かし》げた。

「すごく……光ってるな」

「ええ。光ってますね」

家の窓から明るい光が漏《も》れて、そこだけ輝いているようだ。まだ昼間なのに、灯りをつけているのだろうか。

愛人は留守と聞いていたので、ウィレムは堂々と家に入った。赤子の泣き声が聞こえてくる。どうやら光は赤子のいる部屋から漏れているようだ。

「この光はなんなんだ？」

部屋に足を踏み入れたウィレムが目にしたのは、全身から金色の光を発して泣く赤子と、床にひれ伏して赤子を拝む乳母の姿だった。

「なんだこれは⁉」

「はっ、坊ちゃま！　申し訳ありません。お嬢様が急に光り出してしまい……」

「妹って光るものなのか⁉」

「いいえ。通常の妹は光らないかと……」

赤子はより大きな声で泣きわめく。

すると、赤子がふわりと宙に浮かんだ。

「浮いた！　妹って浮かぶものなのか⁉」

「いいえ。通常の妹は浮かばないかと……」

光って浮いた赤子はふあふあと泣きながら身をよじる。

泣き声が大きくなると光も強くなる。あまりにまぶしくて室内の家具や物の輪郭もあやふやになる。

「とにかく泣きやませろ！」

「それが、あまりに神々《こうごう》しくて近寄れず……」

信心深い乳母は妹に向かって手を合わせ、身を震わせる。畏れ多くて近寄れないと言うが、それでどうやって育てるつもりだ。

「とにかく泣きやませろよ。どうすればいいんだ？」

浮かぶ妹を指さしてウィレムが尋ねると、まぶしそうに細めた目を押さえていたマークが口を開いた。

「坊ちゃまは平気なのですか？　私どもは光の圧が強くて近づけません」

「俺は別に、まぶしいだけで普通に近づけるけど」

ウィレムは足を一歩踏み出してみた。特に押し返してくるような圧力は感じない。しかし、マークは足を踏ん張っているし、乳母は立ち上がることすらできない様子だ。

「では、アルム様を抱っこしてみてはいかがでしょう」

マークがそう提案してきた。

ウィレムは光る妹を眺めて少し逡巡《しゅんじゅん》した。あんなに光る生き物を抱っこしても大丈夫なのだろうか。いや、触ってもいいのか。

「抱っこ……」

少し不安だったが、ウィレムは勇気を出して金色の光の中に足を踏み入れた。

寝台に歩み寄り、宙に浮く妹に手を伸ばす。小さな体をおそるおそる抱き寄せると、ウィレムの腕の中で妹はぴたりと泣きやんだ。

泣きやむと同時に、あれほど強く放たれていた光も収まった。

泣きやんだ妹は腕の中でもぞもぞ動いて、ウィレムの顔を見上げてきた。

ぱっちりと開かれた瞳《ひとみ》は、ウィレムと同じ紫色《むらさきいろ》だ。

「どうやら、アルム様には強い光の魔力があるようですね」

ウィレムの横に立ったマークがそう言った。

「光の魔力……」

ウィレムは視線を落として妹と目を合わせた。きらきらと光る紫の瞳が、じっとウィレムをみつめている。

「アルム様はきっと聖女になるでしょう」

「聖女？　でもあれは高位貴族の令嬢がなるもんだろ？」

聖女に選ばれるのはたいていの場合、伯爵家以上の高位貴族だ。過去、子爵令嬢が聖女になった例はあるが、男爵令嬢はいないはずだ。

まして、アルムは庶子《しょし》だ。聖女に選ばれることはこの国の貴族の娘にとってこの上ない名誉ではあるが、高位貴族の中に混ぜられては肩身の狭い想いをするのではないだろうか。

「あ。あー」

妹が小さな丸い手を伸ばしてウィレムの頰《ほお》をぺちっと叩《たた》いた。

あまりにもやわらかくてふにゃふにゃな手の感触に驚きながら、ウィレムは妹をそっと寝台に戻した。

下ろされたことが不満なのか、妹は「あうあう」と言って手を伸ばしてくる。

「……父上はアルムが光ることを知っているのか？」

「いいえ。旦那様《だんなさま》はアルム様が生まれて以来こちらに立ち寄っておりませんから」

男爵は自分の娘が光ることも浮くこともまだ知らない。

「……俺が話すから、お前達は何も喋《しゃべ》るなよ」

ウィレムはマークと乳母にそう言って口止めした。


別邸を後にしたウィレムは父になんと言って報告すればいいか悩んだ。

妹が光ります。それを聞いて父は何を思うだろう。

我が家に聖女を授《さず》かったと喜ぶだろうか。

いや、喜ぶだけならいいが、聖女を産んだ愛人を正妻にしてウィレムの母を追い出したりするかもしれない。

ウィレムは嫡男だが、聖女を産んだ愛人が男児を産んだらどうなるだろう。

考えると足元が揺らぐような気がして、結局ウィレムは父にも母にもアルムが聖女かもしれないということを告げなかった。

(まだ、聖女って決まったわけじゃないしな)

今のところ、光って浮いただけだ。聖女じゃなくてもたまたま光って浮くこともあるかもしれないではないか。


数日後、ウィレムは再び家を抜け出して別邸へ向かった。

アルムはやはり泣いて光っていた。ウィレムが近づいて抱き上げると、ぴたりと泣きやみ光も収まる。

「ふん！　ちょっと光るぐらいで聖女扱いしてもらえると思ったら大間違いだぞ！」

「あー？」

ウィレムがそう言うと、アルムはきょとんと目を丸くした。

「うっ……！」

ことり、と首を傾げられて、愛くるしい仕草に思わず胸がきゅんと鳴った。

「別に可愛《かわい》いなんて思ってないぞ！」

どこかの誰《だれ》かに向かって言い訳しながら、アルムを寝台に下ろす。

「むー！」

アルムは不満そうに頬をふくらませて、抱っこをせがむように手足をぱたぱたさせた。

「ぐっ……」

一人っ子だったウィレムは誰かに甘えられた経験などない。必死に自分を求めているような赤ん坊の姿に、今まで感じたことのないむず痒《がゆ》さが胸をくすぐった。

ぱたぱた暴《あば》れ続ける赤子に根負けして指を差し出すと、その指を小さな手でぎゅっと握ってアルムはふわりと笑った。

「……」

ウィレムは複雑な気持ちでアルムを見下ろした。


それからも、ウィレムはたびたび家人の目を盗んで妹を見にいった。

アルムはやはり泣き出すと光ったり浮いたりするが、ウィレムが抱っこするとぴたりと泣きやむ。

ウィレムがそばにいればアルムはたいていご機嫌で、きゃあきゃあとよく笑ってよく動いた。

ある日、ウィレムがアルムを庭に連れ出してひなたぼっこをしていると、アルムがはいはいをして芝《しば》に座るウィレムの周りをくるくると回り出した。

すると、ウィレムの周囲にぽんぽんと色とりどりの花が咲いて、庭の一部だけが丸い形の花畑になった。

これほどの奇跡を起こしているというのに、それを知っているのはウィレムとマーク、乳母の三人だけだった。


「聖女かあ……」

眠ってしまったアルムを膝《ひざ》に乗っけて、ウィレムは溜《た》め息《いき》を吐《つ》いた。

父に話せば、アルムは未来の聖女候補として本邸に迎えられて大事に育てられるだろう。それが正しい。アルムはこんな別邸に放置されているべきじゃない。

自分と母がどうなるかはわからないが、アルムのためには父にアルムの能力のことを話すべきだとウィレムは覚悟した。


（今日帰ったら、父上に話をしよう……）

そう考えながら別邸を後にしようとしたウィレムは、アルムの乳母が台所で号泣しているのをみつけて声をかけた。

「どうした？」

「はっ、坊ちゃま。申し訳ありません！」

乳母は本を読んでいたのだと言って目尻をぬぐった。

「最近、流行《はや》っている物語なんですが、主人公の少年の過去が辛くて……」

「ふぅん」

興味がないので流そうとしたのだが、乳母はぺらぺらと早口であらすじを説明した。

「主人公は下級貴族で、光の魔力を持つ妹がいたんですが、悪い高位貴族に目を付けられて、主人公は妹を守ろうとするんですが父親が高位貴族に妹を売ってしまうんです。逃げたら兄を殺すと脅された妹は一日中働かされて魔力が尽きて死んでしまって、それを知った主人公は復讐の旅に出るっていう話で……」


耳から入ってきた一連のストーリーが脳内できっちり配役をされて映像となって流れた。

（そうだ……うち程度の家に光の魔力がある娘がいたら、どんな奴《やつ》に目を付けられるかわかったもんじゃない……！）

高位貴族から圧力をかけられたら、悪徳商人に金を積まれたら、父がアルムを売り飛ばす恐れは十分にある。

（駄目だ……アルムの力のことがバレたら……！）

光の魔力を持っていることがわかれば、父はアルムを大事にすると思っていた。

だが、父が子供への愛情など持たない人間であることをウィレムは知っている。表面上は大事にするだろうが愛しはしない。いずれ妹が聖女に選ばれたら、ウィレムの父と母は妹を利用して甘い汁を吸おうとするかも知れない。もしかしたら、妹の生母も。

（アルムに光の魔力があることを、知られてはいけない……！）

幸いというか、父は自分の娘に興味がないのか一度も会いに来たことがない。ウィレムの母はこの別邸には近寄らないし、妹の生母も自分の産んだ娘にいっさい興味がないらしく、乳母にまかせきりで遊び暮らしているようだ。

だから、妹が光ったり浮いたりすることを彼らは知らない。

（聖女認定を受ければ必ずばれるが、それまでは隠し通してみせる）

ウィレムはそう決意した。

＊＊＊

「ただいま帰りました！」

ウィレムが過去を思い返していると、大神殿に行っていたアルムが帰ってきた。

「おかえり、アルム。今日はパワハラ外道王子に会わずに済んだか？」

「それが、帰り際にばったり会ってしまって……大神殿から転がり出てくるウニを見た信者のお爺《じい》さんが『この世の終わりじゃ……！』って叫《さけ》んで天に向かって祈り出して、それが周りにも伝染した結果、『ウニを取り囲んで祈る人々』っていう新たな宗教みたいな構図になってしまってウニから出るに出られなくて……」

「そうか。大変だったたな」

ウィレムは妹をねぎらった。

「でも、エルリーは元気だし、最近かなり言葉を覚えてきて」

明るい笑顔で報告するアルムの話に相槌《あいづち》を打ちながら、ウィレムは再び過去の思い出を蘇らせた。

＊＊＊

アルムに光の魔力があることを誰にも知られないようにする。

そう決めたウィレムは乳母と執事に口止めをしたが、彼らは「旦那様に聞かれたら答えます」と言っている。つまり、聞かれない限りは黙っていてくれる。

子供に興味のない男爵は娘のことを尋ねないので、結果的に秘密が守られている。

しかし、どんなに頑張っても隠し通せるのはアルムが十三歳になるまでだ。十三歳になれば「聖女認定」を受けなければならない。

「男爵家の庶子なんだから、聖女認定は受けなくてもいいんじゃないか？」

「いえ。半分でも貴族の血が流れている場合は認定を受けるものと決められております」

聖女信仰の強いこの国で、認定を受けずに逃げることは許されない。

「あ、そうだ。病弱で認定を受けられないってことにしよう」

「命にかかわるほど重い病気でなければ認められませんよ」

「原因不明の発光と浮遊だぞ⁉　重病だろ！」

「坊ちゃま……」

執事に呆《あき》れた顔をされるが、ウィレムは妹には聖女の立場なんて重荷すぎるとしか思えなかった。

ウィレムの心配をよそに、アルムはウィレムの顔を見ると「きゃっきゃっ」と喜び小さな手を伸ばしてくる。

愛くるしい赤子を見ていると、ウィレムは時々胸が痛くなった。

髪と瞳の色はウィレムと同様に父親譲りだが、容姿は母親に似たらしい。成長すれば愛らしい少女になるだろうと思われた。

眩い光を放つ美しい聖女。

それは、大した功績も持たない下位貴族であるダンリーク男爵家には過ぎた存在だ。

（もっと高位の貴族の家に生まれていればよかったのに……）

そうすれば、アルムは誰からも愛され大事にされ、なんの憂いもなく立派な聖女となれただろうに。

「下位貴族の娘であるアルムが聖女になったら、高位貴族からはいびられ、親からは利用されて魔力目当ての愛のない結婚を押しつけられるのではないか？」

「坊ちゃま……だいぶ想像力が豊かになりましたね」

マークからは心配しすぎだと言われたが、アルムを守れるのは自分だけだとウィレムは思っていた。

「遮光《しゃこう》カーテンの生地《きじ》でドレスを作って、発光を抑えるとか……」

「発光だけ抑えても、魔力があるのは誤魔化《ごまか》せませんよ」

ウィレムは何とかして妹が聖女にならなくて済むように頭を悩ませたが、いい考えは湧《わ》いてこなかった。

「マーク、見ろ。この『週刊貴婦人』の記事を。引退した元聖女が顔を切りつけられる。犯人の女は自分が『聖女認定』に受からなかったことで聖女に恨《うら》みを……アルムが聖女になったら身分が上の令嬢から逆恨《さかうら》みされてしまう！」

「坊ちゃま……いつの間にゴシップ雑誌などに手を……」

「こっちの『月刊家庭生活　職場のトラブル・イジメ特集』には〝大神殿の黒い実態　新人いびり～堕ちた聖女の実像～〟という被害者Aの体験談が」

「坊ちゃま。その手の雑誌の投稿者Aさんはたいていの場合実在しません」

日々、不安を募《つの》らせるウィレムだったが、妹はすくすくと大きくなっていく。


「ええい！　最後の手段だ！　俺はアルムを連れて家を出る！」

「坊ちゃま！」


ウィレムはいい感じに煮詰まっていた。


そんなある日のこと。

いつものように別邸を訪れたウィレムの耳に、妹の泣き声が届いた。

それだけなら変わったことではないが、泣き方がいつもの「ぴえぴえ」といった声ではなく「ぎゃんぎゃん」と激しい泣き方だった。

「どうした？」

「あ、これは坊ちゃま。こんなところに……」

慌てた様子で振り向いたのは見知らぬ女だった。

「乳母はどうした？」

いつもの乳母の姿が見えず、尋ねたウィレムに女は「買い物へ行っています」と答えた。

女は赤子の面倒をみるために新しく雇われたらしい。

ウィレムは妹に近寄った。ばたばたと体をよじって泣いているが、今日は光っていない。

抱き上げようとすると、女がウィレムを制した。

「ミルクの時間ですので」

女が抱き上げると、アルムはいっそう激しく泣き出した。喉《のど》が破《やぶ》けないか不安になるくらいだ。

「どこか痛むんじゃないのか？」

「赤ちゃんは泣くものですよ」

女は取り合わずにミルクを飲ませようとする。

だが、アルムは口元にスプーンを近づけられると嫌がって顔を背《そむ》ける。

「お腹《なか》がすいていないいんじゃないのか？」

「ぐずっているだけですよ。飲ませればおとなしくなります」

女は嫌がるアルムに無理やりミルクを流し込もうとする。

「おい。乱暴にするな」

見かねたアルムが止めようとすると、アルムが涙に濡《ぬ》れた目で手を伸ばしてきた。

「あうあ！　あうー！」

その必死な様子に、ウィレムは何か違和感を覚えた。

（赤ん坊の世話のために雇われた新しい使用人……誰が雇ったんだ？）

アルムの生母は娘に無関心。そもそも、愛人に使用人を増やす権利はない。

では、父が娘のために雇ったのか。

いいや、愛人の浪費でウィレムの母が父と言い争っていたのはつい先日のことだ。新たに愛人の娘のために金を使うとは思えない。

ウィレムはとっさに女の腕を摑《つか》んだ。


「何をするんです⁉」

「……アルムが嫌がっている。放せ」


もみ合いになったのを見て、マークが駆け寄ってきて女の手から妹をもぎ取った。

「……チッ！」

女は懐《ふところ》に手を入れて、取り出した何かを床に叩きつけた。

ぱりん、とガラスの割れる音がして、黒い霧のようなものがぶわっと広がった。

「坊ちゃま！」

マークがウィレムを庇《かば》って黒い霧を浴びる。その隙に、女は逃げ出した。


「マーク、大丈夫か？」

「坊ちゃま、近づいてはいけません。……これは瘴気《しょうき》です！」

「なんだって⁉」

床にはガラス片が散らばっていた。小瓶《こびん》に瘴気を詰めた呪具《じゅぐ》を割って逃げたのだ。

マークが瘴気を浴びてしまった。すぐに浄化しなければ、病気になるか、最悪の場合死んでしまう。

浄化するためには神官か聖女を連れてこなければならない

「ちょっと待ってろ！　すぐに誰か呼んでくるっ……」

ウィレムが助けを呼びにいこうとしたその時だった。

マークの腕に抱かれていたアルムが、小さな手を執事の額にかざした。

すると、小さな手からやわらかい光があふれて、マークの体を包み込んだ。

「アルム……？」

苦しそうに膝をついていたマークが、光に包まれた途端に呻《うめ》くのをやめて顔を上げた。

「なんと……まったく苦しくなくなりました」

「マーク！」

瘴気の影響は綺麗《きれい》さっぱり消え去り、立ち上がったマークの腕の中でアルムは「きゃっきゃっ」と笑っていた。

乳母は台所でテーブルに突っ伏して寝入っているのが発見された。薬を盛られたのだろう。女は逃げてしまったし、瘴気はアルムが消し去った。男爵は面倒事を嫌って騒ぎにせずもみ消すだろう。

女を雇って妹を毒殺しようとしたのは、おそらくウィレムの母だ。動機は愛人への嫉妬《しっと》。それと、もしかしたら――嫡男のウィレムが妹に会いに行っていることを知って、怒りが燃え上がったのかもしれない。

(俺がここに来ると、またアルムが狙《ねら》われるかもしれない……)

ウィレムとかかわらずに成長して、聖女となって大神殿に行くのが、妹にとっては一番安全で幸せになれる方法なのかもしれない。

大神殿で他の聖女や神官と出会って仲良くなれば、アルムは彼らに守ってもらえるかもしれない。

「坊ちゃま。そろそろ帰りませんと……」

「マーク。なんで毒を飲まされそうになった時、アルムは泣いているのに光っていなかったんだろう?」

光っていればウィレム以外の者は近寄れなかったはずなのに。

そもそも、何故《なぜ》ウィレムだけが近づけるのかもわからないが。

「……もしかしたら、あの金色の光は攻撃や防御のためではなく、アルム様の心の叫びなのかもしれませんね」

「え？」

眉《まゆ》をひそめて振り向いたウィレムに、マークがこう言った。

「アルム様は家族に会いたくて、『ここにいるよ』と光って知らせていたのかもしれません。だから、血の繋《つな》がったお兄様である坊ちゃまだけが近づけたのでは？」

ウィレムは目を瞬《またた》いた。膝の上では、アルムがじっとウィレムを見上げている。

（兄として……どうするのが一番、アルムのためになるのか……）

ウィレムは妹をぎゅっと抱きしめて、決意した。

ウィレム・ダンリークが廃公園のベンチで金色の光を放っている妹を迎えに行くことになるのは、その十五年後のことである。

＊＊＊

「お兄様。お願いがあるんですけど、今度この家にエルリーを連れてきてもいいですか？　大神殿以外の場所にも少しずつ慣らしていった方がいいんじゃないかって思っていて……」

アルムのおねだりに、過去に飛んでいたウィレムの思考が戻ってきた。

「ああ。もちろんだ」

「うわあ、ありがとうございます！」

嬉《うれ》しそうな笑顔を見ると、自分が抱き上げた途端にご機嫌になった赤子の頃のアルムを思い出す。

けれど、今やアルム自身が幼い子供を育て、導こうとしている。

「大きくなったな……っ！　アルムっ！」

急に目頭《めがしら》を押さえて涙ぐんだウィレムを見て、アルムはきょとんと目を丸くして首を傾げたのだった。

完

あとがき

はじめまして。もしくは、お久しぶりです。

最強聖女アルムの物語、二巻です。

一巻を読んでくださった皆様のおかげで二巻を出させていただくことができたわけですが、「続きを考えろ」と言われた時にまっ先に頭をよぎったのは「主人公がホームレスになって王子様を撃退するという一発ギャグみたいな設定の続きなど思い浮かばぬが……?」という不安でした。

主人公が最強でなんでも出来ちゃうので、悪い奴が出てきてもすぐに倒しちゃうしなあ。どうしよう。

「悩むことないだろ。少女の成長物語に恋はつきものだ。成長した聖女は身近な神官兼第七王子が自分に向けていた愛に気づき、二人を邪魔する敵を蹴散らしながら、ハッピーエンドに向かっていく！　これで決まりだ！」

ん？　どこかから悪魔の囁きが……

「悪魔とはなんだ！　神官に向かって！」

悪霊退散悪霊退散。さて、どうしよう。

「無視するなコラ！」

タイトルが『ホームレス聖女』なので、どうにかして野宿させたいなあ。

「聞け！　いくらなんでも俺の扱いが酷すぎるだろ！　王子だぞ？」

と、そんな感じで悩みながらも、一巻の頃より少しだけ成長したアルムが活躍する第二巻が完成しました。


一巻に引き続き、素敵なイラストを描いてくださったにもし様。かわいい私服姿のアルムなど、魅力的なシーンを描いていただきありがとうございます。

担当のH様、二巻では物語作りの最初からたいへんお世話になりました。続きを書かせていただきありがとうございます。

読んでくれた読者の皆さん、ありがとうございました。アルムと一緒に楽しんでもらえていれば幸いです。


では、またお会いできる日を祈って。

GAノベル

廃公園のホームレス聖女
2. 光の聖女と闇の魔導師

2023年6月30日　初版第一刷発行

著者　荒瀬ヤヒロ

発行人　小川 淳

発行所　SBクリエイティブ株式会社
〒106-0032　東京都港区六本木2-4-5
03-5549-1201　03-5549-1167（編集）

装丁　AFTERGLOW

印刷・製本　中央精版印刷株式会社

ISBN978-4-8156-1738-7
Printed in Japan

ファンレター、作品のご感想をお待ちしております。

〒106-0032　東京都港区六本木 2-4-5
SBクリエイティブ株式会社
GA文庫編集部 気付

「荒瀬ヤヒロ先生」係
「にもし先生」係

本書に関するご意見・ご感想は
下のQRコードよりお寄せください。
※アクセスの際に発生する通信費等はご負担ください。

https://ga.sbcr.jp/

試読版は
こちら!

祈りの国のリリエール3

著：白石定規　画：あずーる

GA ノベル

「カレデュラ、また出たのね」

　リリエールさんとボクことマクミリア+イレイナさんは、危険な礼物を売っている『古物屋カレデュラ』を追っています。彼女は人を破滅に導く災害みたいな危険人物なんだけど、いつもあと一歩のところでボクらは逃げられてばかり……。

「私が何年前からカレデュラを追っていると思ってるの？」

　しかし、今回のリリエールさんは一味違うみたい。万全の作戦と祈物、切り札的なボクも活用して宿敵カレデュラを追い詰める!?

『祈りの国クルルネルヴィア』建国にまで遡るという、リリエールさんとカレデュラの数奇な運命と悲しい因縁が明かされます!!

「もう随分と昔のことだし、忘れてしまったわ」

第16回
GA文庫大賞
GA文庫では10代~20代のライトノベル読者に向けた
魅力溢れるエンターテインメント作品を募集します！
物語が、華ひらく。
イラスト／風花風花
大賞賞金300万円+コミカライズ確約！
◆募集内容◆
広義のエンターテインメント小説（ファンタジー、ラブコメ、学園など）で、日本語で書かれた未発表のオリジナル作品を募集します。希望者全員に評価シートを送付します。
※入賞作は当社にて刊行いたします　詳しくは募集要項をご確認下さい
リニューアルで選考課程を一新!!!
応募の詳細はGA文庫公式ホームページにて
https://ga.sbcr.jp/